大下半池兒

谜托邦
MYSTOPIA

华文推理新大陆
推理迷的乌托邦

重启人生

[日] 大下宇陀儿 著

温雪亮 译

北京联合出版公司
Beijing United Publishing Co.,Ltd.

图书在版编目（CIP）数据

重启人生 /（日）大下宇陀儿著；温雪亮译 . — 北京：北京联合出版公司，2023.9
ISBN 978-7-5596-7099-1

Ⅰ.①重… Ⅱ.①大… ②温… Ⅲ.①侦探小说－日本－现代 Ⅳ.① I313.45

中国国家版本馆 CIP 数据核字 (2023) 第 117809 号

重启人生

作　者：[日] 大下宇陀儿
译　者：温雪亮
出 品 人：赵红仕
策划监制：王晨曦
特约策划：温雪亮
责任编辑：徐　鹏
特约编辑：华斯比
营销支持：风不动
美术编辑：陈雪莲
封面绘图：[日] 歌川广重

北京联合出版公司出版
（北京市西城区德外大街 83 号楼 9 层　100088）
北京联合天畅文化传播公司发行
上海盛通时代印刷有限公司印刷　新华书店经销
字数 141 千字　889 毫米 ×1194 毫米　1/32　8 印张
2023 年 9 月第 1 版　2023 年 9 月第 1 次印刷
ISBN 978-7-5596-7099-1
定价：56.00 元

版权所有，侵权必究
未经书面许可，不得以任何方式转载、复制、翻印本书部分或全部内容。
本书若有质量问题，请与本公司图书销售中心联系调换。
电话：010 - 65868687　010 - 64258472 - 800

目 录
CONTENTS

断　崖	001
别墅里的人们	013
走运的我	025
奇妙的抄写	037
犬　仆	049
自杀的价格	061
交易成功	073
雪子美容院	085
我的尸体	097
扇面的画	109
我的遗书	121
A 的计谋	133
台风之夜	145
雪子登场	157
雪子的探索	169

第三个人	181
私设搜查总部	193
有伤痕的皮鞋	205
土耳其浴	217
真　相	229

附　录

突破侦探小说的模式	242
侦探小说不自然论	245

断崖

一

我在音乐茶屋"青之窗"足足待了两个小时。

差不多起身准备离开的时候,雨像是停了。或许是被雨水冲刷过一遍的缘故,挂在高楼上的血红色霓虹灯广告牌看上去格外好看。广告牌上打着新发售的激素药剂广告,并强调"一粒管十天,十粒后年轻一岁"。

这个世界可真是复杂,既有像我这样想去死的人,也有不惜花重金购买这种不靠谱的东西,拼命想返老还童的人。

雪子摇晃着折叠伞说:"真好,雨总算停了。梅雨季节真令人讨厌。"不过我对天气方面的话题并不在意。

"你是不是又要跟我说再见了?不晓得你还会不会想念我?"

我回过头对她说着,不过雪子这家伙完全没有把我的话当回事。

"又来了。你那句再见不也说了五六遍吗?"

"嗯,这回是真的,是彻彻底底地最后说再见。"

"这样啊……那我就当成真的吧。不过,你刚喝过咖啡吧?看上去肚子也该饿了,要不咱俩先吃点东西再说再见?"

"这个提议不错。这可能是我在这个世上做的最后一件事。拉面或者饺子什么的,一点意思都没有。牛肉或者烤鳗鱼你觉得如何?"

"好奢侈。快要死的人还吃这些东西,可真有你的。"

雪子一脸无聊地看着我。

"等一下,脚有些疼,好像有什么东西进鞋里了。"

她让我拿着雨伞和手提包,蹲下身子慢悠悠地将鞋子脱下又穿好。其实我知道她不顾后果地买了双漂亮的高跟鞋,结果把脚蹭疼了,但我并没有吐槽她。

"我并没有什么非吃不可的食物。烤鳗鱼的话,我赞成。不过这个很贵吧?"

"是的,大约两百元上下吧。你有这么多钱吗?"

"没钱。你是让我请客吗?"

"没错,我总得收点旅费吧?三途川①也是需要过路费的。"

"真是狡猾,我算是败给你了。"

我们滑稽地笑了。

然后我们便开始寻找起烤鳗鱼的专卖店。烤鳗鱼店这玩意儿总觉得随处可见,偏巧这次怎么也找不到。我们反复在电影院与

---

① 译者注:三途川,佛教用语,即亚洲民间传说中的冥河。

车站间游走，雪子因为脚疼还发了牢骚，不过总算是找到一家看上去不是太好，但提供寿司、烤鸡肉串以及烤鳗鱼的饭店。

点餐时，雪子这家伙突然改变想法，说大阪的寿司也不错。我还是选择烤鳗鱼。鳗鱼盖饭比较便宜，饭店墙上的价格表写得很清楚，鳗鱼饭搭配清汤和咸菜需要一百五十元。

两个穿着旧西装的男人一边就着中等酒吃着烤鸡肉串，一边说道："如果被孩子听到就丢人了。人造卫星是用怎样的动力飞行的呢？你说上面的核能能正常运作吗？"

"你别说蠢话。一旦人造卫星飞起来，就不需要动力了。在以前的物理学中这被认为是不可能的，也就是说，在没有动力的情况下，卫星是能永久运转的。"

二人交谈着似懂非懂的话题，店里除他们外再无其他客人。

"这个看上去很好吃，分我一个吧。"

说着，我从雪子的碟子里夹走一个青花鱼寿司扔进嘴里。这个时候，雪子用特别恳切的语气说："从现在开始，我想好好工作。"

"踏踏实实工作挺好的。和我分开后，你准备去哪里工作？"

"浅草国际大道的后面，有一家叫作'根本'的美容院。我上学时的朋友是那里的副主任，之前还招呼我过去，说是把我的事跟老板说了。"

"这样的话，那就没什么问题了。你要是下定决心就去吧。我也挺对不起你的。你要是能找到立锥之地，我也能够放心。这样也能跟你说永别。不过，不要对我的死难过。"

好奇怪。

再多说一会儿，我就要哭出来了。看来像我这种品行不端的人，身上还是残留些人情味的。我的确对前川雪子多少有些责任感。她从美发学校出来便拿到美容师执照，手艺还很出色。在这里，我并不想谈论我们是如何相识的，总之我们俩好上了。后来雪子被赶出她所在的新宿美容院，如今的她在各家店铺里充当临时工。她真是可怜。如果不是因为我，她本有机会把工作做好，所以我的离开会有利于雪子。对我而言，痛快地死掉即可。自己欠一屁股债，就算苟活下去也不会觉得这个世界有趣。

清汤里有少许动物内脏以及切得很薄的黄瓜，价钱确实很便宜，但一点也不好吃。

"你尽管放心，我绝对不会再来找你。"

我用指甲弹着汤碗说道，并窥视着雪子的眼睛。

"但是，那个……"

"没什么但是。不论我跟你说过多少次，你都不会认真听我说话。我也曾解释过，但我觉得你并不懂得我的感受，所以也没必要再跟你掰开揉碎说清楚，我说要离开这个世界并没有说谎。"

"不过，你说的如果是真的，那我也……"

"算了吧。我走我的路，你走你的道吧。我可不想殉情。与其殉情，不如好好活着。只需我一个人去死就够了。——不应该跟你提死的事，直接跟你说分手就好了。但我打心底喜欢你，不想骗你，所以才会说给你听。算了，不论是死还是分别，即便你认为我苟活在某个地方也无所谓。我会痛快地去死。我想得很清楚，我不会让自己的尸体被人发现。只要尸体不被发现，世人便不知道我的死。反正只要你不死就行。"

雪子的眼神看上去有些蒙眬。

她对我的话半信半疑，且不甚理解。

我觉得没有必要让她明白这些。雪子也爱着我，她肯定会为我的死而难过，但她并非那种纠缠不休的人，难以说出不想与我分开这种话。其实只要这样想就好：两个人直到现在都玩得很开心，只有在正确的时间分别，才能不留遗憾。这样即便撒谎说自己要去死也在所不惜。因此我下定决心，要和她做最后的告别。

店里进了新的客人。

穿着风衣的大学生与一个摆着臭脸，看上去像事务员的女人一同走进来。

三年前，我也曾是个大学生。

当时的报纸上曾报道过一名大学生因没钱买毒品而去盗窃的

新闻。那件事发生之后,学校的布告栏便贴上了写有"四宫四郎,勒令退学"的公告。

从那天起,我便彻底身败名裂。

二

与雪子说最后分别的第三天,我没有带任何行李,连帽子都没有戴,只穿着和服与木屐,便来到伊豆沿海一个偏僻的乡下,从前往下田方向的公交车上下车。

在陌生人看来,我就像那种住在寄宿公寓里,能够出来悠闲散步的人。这也正是我所希望的。我甚至没有跟雪子说自己会来伊豆。我的目的是在不让任何人知道的情况下杀掉"四宫四郎"。一个活着得不到快乐,死也不会有人难过,离开这个世界便不会再打扰他人,孑然一身,既没有父母也没有兄弟的男人,不论是生是死全都不成问题。更何况我还染有毒瘾。注射毒品的感觉非常好,这种沉浸感让我能够稍微感受到活着的乐趣,因此我难以离开它。为了得到它,我只得牺牲生活中的一切来支付毒品的费用。说真的,我已经身心俱疲。作为这个世上最常用的道歉方式,死亡或许是最好的选择。我也不知道从什么时候起,自己会想到去死。只有死亡，是我能做到的最好的事。但是，我并不想受到世人的评判或者引起骚动。最好是在没人注意的情况下，从这个世界上消失。正因如此，我认为这个海岸是个不错的地方。

梅雨时节的伊豆山非常漂亮。

树木与草丛新生出来的绿色，遍布山野。

我背对高山，面朝大海，深吸一口气。乘坐公交车前，我在厕所里打了一针。我还滥用药物，不过身体却很健康。以这种健康的状态去自杀会显得很奇怪吗？但我还是情愿去死。所以自杀前，我又给自己打了一针，正好还剩下最后一针。

我再次见到像是村民一般的人。

他没有看我，直接从我身边走过，很没礼貌，不过无所谓了。

前往海岸的悬崖的路上，必须走一条从中间分出来的羊肠小道。

突然，分界线上传来年轻女子的叫喊声：

"啊！"

几乎在我步行的同时，似乎有什么东西掉下来。

我并没有装作没看到这个东西，而是捡起了它。皮套里装着照相机的零件。我没有摆弄过相机，对此也不是很了解，但这一定是叫作测光表的东西。当我拿着它，想要抬头看看它是从哪里掉下来的时候，从散发着诱人香气，仿佛是压在我头顶上的野玫瑰花丛中突然伸出一只脚。那是年轻女人的脚,犹如又粗又长的龙须菜,把我吓了一跳。胭脂红与白色相间的裙子卷到大腿根的地方。随后,这个女人以及一个穿着时髦裤子和衬衫的男人,从斜坡上滑下来。

见她盯着我手上的皮套看,我就知道是什么意思了,立刻把东西递到她的胸前。

"多谢。我正在拍照的时候摔了下来。"

女子呼吸有些急促地对我表示感谢。这是一位长相比雪子还要清新的姑娘。她戴着一副特别适合自己的太阳眼镜,裙子腰部的地方沾着一片草叶。这时我才发现,道路的尽头停着大轿车,他们二人应该是乘坐这辆车过来,然后才走到路旁的小山上的吧?他们说是躺在草地上拍照,但并不知道他们在那里还做了些什么。男人和我同岁,有一张晒得黝黑的脸,是个如同电影演员般的美男子。他的手指和女人一样细长,系着根松垮的领带。既然是驾车过来的,他们一定是有钱人家的子女。我莫名有些生气,想找这两人的茬,再粗暴地欺负他们,但转念一想,自己明明要去死了,于是克制住自己,没有必要做这种多余的事情。

于是我一边吹着 Be-Bop-A-Lula[①] 的音乐,一边朝目的地的

---

① 译者注:Be-Bop-A-Lula 是美国音乐家克拉多克与他的蓝帽乐团在一九五六年创作的热门歌曲。

悬崖走去。

不一会儿，我踮着脚行走在前方狭窄的小道上，道路尽头绽放着黄色的棣棠花。

或许是方才见到那名女生雪白大腿的缘故吧，我很想见到雪子。

雪子有着曼妙的身姿。

当我紧紧抱住她的时候，她也会用尽全身力气抱住我，喘着粗气发出叫声并亲吻我。

"你……啊……你……"

不对，抛开肉体上的东西，这个世上，只有她能够理解我、同情我。

"我知道你这种人本质上并没那么坏，只不过你有个缺点，意志力太差。正因为你意志力太差，所以才会吸毒，然后入室行窃，威胁他人。你虽然进入大学，但最终与流氓们为伍。我想经营一家属于自己的美容院。我是无所谓的，如果能做到，就能养活你了。我要把你送进医院，治好你的毒瘾，把你培养成一个成熟的男人。如果我有二十万，就能开一家美容院了。"

雪子曾掏心窝地跟我说过这些。

那个时候，我在追重迦鸟①上输得血本无归，导致心情低落，

---

① 译者注：日本的一种纸牌游戏。

无法好好回答她。

"哼,也就是说,你想让我出二十万?过些日子我就给你弄沓钞票回来。这人一倒霉,连你这种女人都看不起我,不愿意帮我。你可别小瞧我,我可不是那种靠美容师女友养活的不争气的男人,这和成为软饭男让女人赚钱可不一样。我也确实对你有所亏欠。过些日子我一定还给你,而且会加上利息,我会好好补偿你的。"

被我臭骂一通的时候,雪子很难得地哭了,这么看我可真是个混蛋。她说的果然没错,我的意志力很低。正因如此,才把我逼到要抹杀掉自己的地步。

我折断一朵棣棠花的花枝,放在牙齿之间嘎吱嘎吱地咀嚼着,没有尝出任何味道。

透过树木的缝隙能够看到大海。

因为我已经把手表卖掉,所以无法得知现在的时间。阳光照射在宽广的海面上,一艘帆船扬起白帆在上面滑行。

很快,我来到悬崖之上。

环视四周,但不见一人。

我忽然想起已经去世的母亲。

母亲是一介农民,在我退学那年因腹膜炎去世。父亲也已去世,两个哥哥前往战场,姐姐则病死,母亲只能依靠我,可我却因为吸毒被退学,母亲她肯定很失望吧?算了,反正已经山穷水尽，我也即将前往母亲身边。

不知什么地方传来某种声音，环顾四周，可能是我的错觉。

我从口袋里掏出事先准备好的细麻绳，拿来一块大小适中的石头，把脚和石头绑在一起。把木屐留下就糟了。于是木屐一个接一个地被我扔进海里。我给自己打上最后一针，正当我沉浸其中时，从我后方传来很明显的脚步声。

别墅里的人们

一

　　在毒品的作用下，我全身的血管、神经，以及皮肤上的毛孔，全都沉浸在一种难以用语言形容的快感中。

　　当我陶醉其中时，潜意识里听到：

　　"可恶，已经有人了。"

　　和平常一样，注射完毒品后大约五分钟，我的身体无法动弹。

　　我只能半睁着眼睛看着。

　　随后我意识到，前往这里的是我刚才遇到的那对年轻男女。

　　悬崖附近的橘子地边上有块凹凸不平的岩石，松树的根部从岩石下方凸起，只见一个女子跳到上面，红白相间的裙子在空中飞舞，宛如巨大的蝴蝶。

　　"不得了啊！你快过来！"

　　女子叫喊道，她应该是不久前注意到我了吧？男方在女子的呼喊下紧随其后跑过来。他们大概是在我捡到测光表后，想要换个地方看看风景，于是跟着我来到这里，不料竟发现我准备跳到海里。跑过来的男人虽说不像蝴蝶，但身形却潇洒且敏捷。

　　戏剧中，阻止他人自杀最常见的方式似乎是从背后将其抱住。

但他们并没有这样做。

打完针的我盘腿坐在悬崖上。因为脚上绑有石头,我的样子又面如死灰,一心求死,所以一看便知我准备跳崖自杀。男人绕到我的面前。女子或许是有些害怕吧,于是站在我的身后。随后,男人瞧着我的脸问道:

"你在这里做什么?不要做这种傻事。你这样可是会死的。"

这人冷静到让人害怕。

可我已经破罐子破摔了。

这样下去可不行。

其实我大可将他们推到一旁,然后纵身一跃跳到海里。这样做也不是不行,但果真这样做就和原先想的不一样了。我想神不知鬼不觉地从这个世界上消失,如果不顾一切做出这种事的话,必然会引起轩然大波。落魄且废物的瘾君子大学生,生前注射完毒品后,在与救助人员的扭打中掉入海中,这必然会成为报纸上的新闻。很明显,这绝非我想要的告别方式。

悬崖的最下方,响起海浪拍打岩石的声音。

阳光一如既往地温暖,对有些人而言,这个世界一定是幸福且和睦的。

在这个快乐的世界里,我仿佛陷入困境之中。自己在自杀的时候被人看到,这实在是丢人现眼。要怎样才能掩饰这种尴尬呢？

"让我去死吧。请不要管我。我很情愿去死。总之求求你们，我已经不想活下去……"

我故意发出可怜的、悲痛的、如同蚊子般的声音。但我内心却不是这样想的。这种时候被人打扰真的很倒霉。什么？只要我想，另找机会再去死不就好了？但我认为，这种情况下，不论是谁都会跟我一样吧？弄不好还会被问及缘由。这时，一个狡猾的想法出现在我的脑海中：我可以巧妙地编造经历，谎称因为遇到不可避免的事情，自己别无选择，只能选择轻生。

"你别开玩笑了。如果眼睁睁看你去死，那我们不就算是协助自杀了吗？这简直荒唐。"

女子冷酷无情地说道。

接着，她对那个男人说道：

"没办法，只好把他带去别墅。你去把他脚上的绳子解开吧。"

她的语气像是在命令属下。

因药效而软弱无力的四肢已经恢复力量。

不过我不能让他们看出这种事。于是我继续伪装成一个虚弱且身心俱疲的男人。

"我去，你绑得未免也太紧了。"

男人在解绳子的时候咂了一下嘴，这恰好证明他不想遇到这种麻烦事。

我任由他摆布,而且狡猾地准备好后手。通常在这种情况下,自杀未遂的人要交由警方进行保护。但警察是不会帮助我的。即便是乡下的巡警,也会很磨叽地问很多问题。我有恐吓他人的前科,在混帮派的时候还做过其他的坏事,如果点背,有可能会被送进监狱。即便被雪子知道了,她能来监狱给我送东西,并且我们见面后都哭了,也算不上什么好事。比起这个,他们说要带我前往别墅。如果是这样,那可真是幸运。

女子忽然想到什么,随即捡起一根木棍。

男人一脸不悦。

"可是,怎么办才好呢?就算把这人带去别墅……"

男人对女子说完后,她开口道:

"这可是件好事。先带回去试试看,毕竟咱们不能就这样离开。"女子回答完便把木棍递过来,"爸爸他正好也在,我就是要这样好好教育他。他一定想积德行善,这下正好给他实践的机会。如果你因此失业,正好能来我爸爸的公司。那个,用木棒试一试吧。但愿能把绳结给撬开。"

女子对男人指示道。

一股无与伦比的香气飘进我的鼻子里,一定是女子来到我的面前,弯下身子亲手给我解绳子时散发出来的气味。被白色毛衣遮挡的胸部，像是在诱惑我一般地凸起。我则强忍着自身的欲望。

"你还好吧？肚子是不是饿了？"女子的语气要比刚才客气许多，我随即摇头表示不饿，"所以说，你是不是哪里生病了？"

当被再次问及的时候，我虚弱地回答道："没错。我有病，是心脏的问题，医生说这个病治不好。"

我的心脏其实比一般人还要结实。但是如果说肺有问题，估计他们便不会再搭理我。

绳子总算被解开了。

男人用脚踢开解下来的石头，它在斜坡上翻滚着，滚到悬崖边缘，代替我掉进大海。

"打起精神来吧。你还走得动路吗？"

"啊……"

"要走到停车的地方，你扶着我的肩膀。"

"真对不起，太麻烦你了。我本不想这样的。"

"没事的，你没必要道歉。你不是这里的人吧？"

"我来自东京，边打工边上学。"

我后悔把木屐扔进海里，光着脚走路既痛苦又难以忍受。然而女子却走得很慢，她看着我的背影，对男人说道："他的衣服不错，不像缺钱的人。"

其实我穷得叮当响。

不过我比较爱打扮,不论是衣服还是雨衣,只要不好看,我就不穿。

只要顺利,我相信自己有能力取得他们的信任。

二

盐田幸造是制药公司的社长,并且经营着另外两三家公司。他的别墅位于伊东①的郊外,地处俯瞰大海的半山腰上。

这栋别墅没有我期待的那般宏伟,不过还算是有点文化、气度的建筑,算是有钱人住所应有的样子吧。在我看来,庭院及其装饰的品位都属于上乘。就算不是什么大财主,但一看就知道是个稳重的良好家庭。

老头子的妻子已经去世,鳏居生活的他特别疼爱自己的独生女。丫头的名字叫作恭子,她身边的男人是以金融业被世人熟知的大财阀若森商务的继承人若森信吉。他们开车出去兜风的时候遇上自杀未遂的我,然后把我带回这栋别墅里。

"从玄关进去吧。不过,你的脚真脏。大姐……大姐……"

---

① 译者注:伊东市位于伊豆半岛的东海岸。

大小姐恭子叫来女佣。

随后，她把我带去后院的浴室，将脚洗干净。

"你跟我来，请不要拘束。我跟爸爸说要带你去见他。"

恭子说着，便带我来到接待室。

老头子正看着棒球节目。他面色阴沉，留着老式的八字胡，看上去五十多岁，他用可怕的眼神打量我一遍，继续看起电视来。巨人队已有两人出局，即便有替补选手上场，但还是打出场内飞球，导致最终输了这场比赛。

我别无选择，只得垂头丧气、缩手缩脚。

"我说，爸爸，现在是谈话时间。这可是件大事啊。你要救救这个人，先听下他的故事吧。"

听完丫头的话，老头子便说："你说得对。那个，你坐吧。"

他看上去极不情愿。我本以为恭子对我就够冷漠的，没想到她爸对我的态度有过之而无不及。我感觉很不是滋味。还有，说实在的，我有些担心毒品的事。在自杀前用完最后的剂量，要是中途毒瘾发作，那可真是丑态毕露。由于谈不上被信任，我急于趁现在找方法解决这个问题。但我并不知道该怎样去做。若森信吉说要洗掉身上的汗渍，便前往浴室，恭子这头突然说有些饿，于是前往其他房间。刚一走，就传来她的呼喊声："大姐，快给我做点火腿三明治，要两人份的，再给我准备点果汁。"

屋里只剩下我和老头子两人。

当时我并不知道,后来我会为这个愁眉不展的老头子,进行一连串的惊悚冒险,想必连他本人也不会想到之后发生的那些事。

老头子将我从上到下打量一番,不高兴地责备道:"别站着,让你坐你就坐。"

本就可怜的我,看上去就像要哭了。

老头子继续说道:"究竟是怎么回事?听说你有病……"

听到这句话时,我的头已经抬不起来了。

"俺……不是,我真的很抱歉。"

"嗯……"

"实际上是要对大小姐表示真诚的道歉。我并非只是心脏上的问题。"

"明白了。那就是有其他毛病?"

"其实,我有毒瘾。还是学生的时候,结识到坏朋友,在他们的怂恿下我接触了毒品,随后中毒。"

"治不好毒瘾,所以才想一死了之?"

"不是,我之所以一心求死,是因为心脏问题被医生放弃治疗。医生说我半年后就会死。所以即便我现在得救,依旧活不下去。所以请一定让我去死吧。不要再照顾我,请让我回去吧。最重要的是,毒品我已经用完。断掉毒品的我会变得痛苦且六亲不认,不知道会做出什么来。我担心会给你们造成麻烦。请您让我走吧。"

我说的话有一半是真的,不过我很佩服自己能老老实实地把这些厚颜无耻的话给说出来。

老头子正在想些什么。

他站起来,在房中来回走动。然后他走到书架前,取出一本像账簿一样的东西,打开看了一眼就回到座位上。

"你不该吸毒的。我见过你这样的患者,一旦得不到毒品就会变得痛苦。"

"没错。正因为痛苦所以才会打针。这就像我为了买毒品只能出去打工一样。"

"是这样的,我很清楚。一旦断药那就麻烦了。你毒瘾要上来了吧?"

"还没,我想还能坚持到晚上。之前已经把药打没了。"

"明白了,持续到晚上啊。"

老头子再次站起来,然后走出接待室,只留我一人在屋里,但很快又回来了。

"我刚才打了电话。"

"啊……"

"老夫经营着一家制药公司。你想要的药不一会儿便能做出来,很快就能送到你手上。那家工厂在小田原,离这里很近。"

我内心非常感动。老头子那张愁眉不展的面孔,开始看上去像是慈悲和睦的菩萨。

"没事的。你该不会要哭吧?人们都说老夫我是个冷酷无情的人。连小女有时候也会责备老夫。那是因为在公司人事上,我总是对无能之辈严加对待。至于心脏方面的药,虽说不像广告上说得那样好,但我家的药厂也能做出不错的东西。回头你可以试一试。"

我认为自己输了。

我觉得在这个老头子面前,自己难以说谎。本想告知心脏的事是假的,但碍于面子,只能继续装下去。

从接待室可以看到庭院,既有草坪又有花坛,还盛开着美丽的花朵。

午后的阳光开始减弱,这个时候,从花坛的另一边出现了三个人的身影。

其中一人便是刚才的若森信吉,他不断挥舞着手中的网球拍并穿过花园,另外两个穿着白色短裤和运动鞋的人则将球拍搭在肩膀上。

三人绕过长椅,依次走到花园后面像是堤坝的地方。老头子用很为难的目光看着他们下去。

"他们要去球场打球。只要一来这里，大家就会去打球。那人是人事科的科长，另一个男人则是研究药物方面的……"

他自言自语地解释着。

"您很喜欢运动吧?"

因为刚才老头子在电视上看过棒球比赛，所以我才想到这一点。

"是的，很爱运动。运动真是太棒了。是小女推荐的。不过，真运动起来的话，网球要比高尔夫更适合老夫。"

老头子回答道。

我没有运动过。我很后悔自己没有学过网球。

走运的我

一

那天晚上快八点的时候,我在伊东车站买了返回东京的火车票。

自杀失败虽不是什么值得夸耀的事,但发展成这样实属无奈之举。总的来说,我在盐田的别墅里备受关照。在回去的时候,恭子注意到我没鞋子穿,吩咐女佣从鞋柜里拿出一双红色的皮鞋,还用真诚且开朗的语气对我说:"这是爸爸从国外买回来的鞋,他对这鞋赞不绝口。由于穿旧了,上面还有破损,就不再穿了。你穿它走吧——爸爸的脚很大,不知你能不能穿进去。"

就连女佣都很照顾我,不知从哪里还给我找来一双合适的袜子。我说了句:"谢谢,真不好意思。"

我随即低下头,如同被警察教育完再释放一样跟她们辞行。

从老头子那里得到的药足够使用两天,我还得到一张一千元的钞票。对此我表示道:"钱一定会归还。总有一天我会回来感谢你们的。"

恭子则笑着说:"不用的。居然说回来感谢,你也太拘谨了吧。犯不上做这些。"

随后她又给我芝麻咸饭团和腌萝卜,让我吃得饱饱的。真是太受他们的照顾了。老头子和他丫头,人看上去有些冷漠,本质上应该都是好人。他们对我的关照让我真的过意不去,但又做不了什么。最重要的是,自杀失败后并不觉得有多遗憾。但我也没有因为自杀失败就不再去想这件事。老头子其实还训诫我道:

"人的生命只有一次,是不可能活两次的。年轻人要是拿生命当儿戏,那太可惜了。至于生病这件事,医生难免也有误诊的时候。所以你以后要好好地活下去。"

他说的这些道理我都懂。如果能一死了之,便不会再有烦恼。但这样固执下去并不是什么好事,于是我坐着回答道:

"我会好好考虑的,我也会努力戒掉海洛因。"

说实话,我也不知道自己应该去死还是继续活下去。自从没有按照计划死成后,我便对此产生了怀疑。干脆再活一阵子,再重新考虑吧。

火车相对不算拥挤。

我坐在车窗边,由于此时是晚上,无法看到窗外的景色。

稍微感到无聊的时候,我注意到上方的网架里有份被人遗忘的报纸,于是我将其取下用来擦拭皮鞋。皮鞋上满是灰尘和霉斑,擦拭一番后竟变得相当漂亮。这双鞋或许是从伦敦或巴黎某家一流店铺买来的,估计是用科尔多瓦皮革制作而成的。如果这是双新买回来的鞋,起码得花费一万元吧。果然像大小姐说的那样,右脚的皮革上有划痕,呈三角形,可能是被什么东西给夹过,又或者是有重物掉在了上面,即便如此,这双鞋也不配由我来穿。不过这双鞋的大小像是为我定制的一样。我不由得再次说出那句话:谢谢,真不好意思。

抵达热海后,车里的乘客稍微多了起来。

他们像喝醉的上班族一样,看上去心情很不错。一共上来两拨人,很是嘈杂。前方的座位没有人,正当我把脚放上去准备穿上刚擦好的皮鞋时,两个醉汉走过来想坐在这里。

"想让我把脚放下?没门。"

听我突然这么一说,那两个人大为震惊,他们满脸不悦地走到其他空位上。

这要是被盐田的老头子还有他丫头看到,大概率会被他们厌恶。在我做出不合适的行为后,突然有个男人走到这个座位上用惊人的语气说道:

"你把脚给我挪开……"

随后他继续说:"你是四宫吧?"

那是个我没见过的男人。

或许是因为他的气势太盛,我没有废话,直接把脚挪开。

他是个中年男人,脸有些长,戴着眼镜,脸颊上满是皱纹,看上去饱经风霜，除此之外再没有其他特征。此人乍看之下老实憨厚，其实是个多少有些手段的家伙。

"你从社长那里没有听说过我吗？今天我因为有事去过社长那里，还打过网球。他跟你说过，我是负责公司人事的科长。"

我和他面对面坐着，此人说话干脆利索，当他说完时，我也终于回想起来了。他是在那座别墅里，扛着网球拍，穿过花园的那三个人之一。老头子，也就是社长，确实有说人事科长来过。此人应该就是人事科长。

"我一直在火车上找你，料定你在火车上。社长好像很担心你，于是命令我看看你在路上的情况。"

人事科长一边重新摆正眼镜，一边说道。这样说来，难怪他刚才会如此盛气凌人。他知道我是一个吸毒者，而且是一个没有死成的无赖。我无法多言，只能这样简单地回复他：

"还请你多加关照。"

"社长是个爱多管闲事的人。他想让你在公司工作。"

"什么……"

"社长对人事调动很挑剔，不知道为什么他会说出这种话。听说是大小姐注意到自杀时的你，或许是大小姐把她父亲给说服了吧。所以说，你怎么想？"

"这个嘛……"

"听说你大学肄业？如果是这样，你能改恶从善找份工作也不是什么坏事。我听说人在认真思考过死亡后，如果能得到救助，会产生强烈的求生欲。所以说，你是怎么想的？"

我无法回答他的问题。

"那好吧。我那头还有朋友，先过去了。你好好想想。如果想好了可以跟社长说，或者来找我也可以。那个，我先把名片给你吧。"

他做事真是纯粹从工作出发。

最后，人事科长说完这话，从座位上起身离开，头也不回地离开车厢，大概是要回到二等车厢吧。

我呆呆地望着科长的灰色背影离去。

这事变得有趣起来。找工作可是个大难题，不仅需要考试，还要拉关系，可以说非常麻烦。有些人就是因为找不到工作所以才去自杀。而我则正好相反。我是因为自杀才找到的工作，应该能轻松地活在这个世上。

科长的名片上写着"村越卯平"。通过这张名片，我得知总公司好像在东京，位于虎之门科学工业大厦的七楼。除小田原外，好像在其他地方也有他家的工厂。我稍微认真地看了眼名片，然后把它塞进口袋里。

二

如果告诉大家接下来会发生什么事,那就无聊了,不过正是因为此事,使我扮演了一个重要角色。

这件事的齿轮在试图转动时停止不动,估计是生锈或者出现故障了。就在这个时候,我跳进里面,为使它转动,我充当着润滑剂的作用。正因如此,这个齿轮才会突然旋转吧?我本以为自己是个废物,但令人发笑的是,这样的我不知为何竟变成了一个管大用的人。

从伊豆回来后,我去参加黑道朋友们的聚会。

当然,我并没有对他们说在伊豆发生的事。

我刚拿到一千日元后,不得不买了张车票,虽然囊中羞涩,但我并没有把郁闷的神情表现在脸上。"要不要玩牌?"在朋友的邀请下,我们进行花札来来①的赌博游戏,或许是运气好吧,我这种糊涂虫竟然赢了一万日元的外快。赢钱后的我又前往自行车

---

① 译者注:花札来来是一种两人玩的花札游戏。

竞赛会场，在那里的情报屋中得到会进行虚假比赛的可靠消息后，我中了那场比赛的大冷门，得到了一笔五万日元的意外大财。

自杀未遂后我一直很走运。

手头宽裕起来的我想去讨好心爱的雪子。虽然跟她说永别这件事有些丢人，但我还是恬不知耻地前去找她。

然而当我去找雪子的时候，她已经不在原先的美容院了。听工作人员说，她在浅草那头工作。和她们的交谈中，我大致推测出雪子应该是在国际剧场里一家叫作"根本"的美容院工作。果然不出我所料，她确实在那里工作，再见到我的时候，她困惑地看着我。

"这样吧，考虑到你的情况，先把你当成我表哥吧。你也把我当成你的表亲。如果不这样做，我就会被开除。要不，你先去看场电影吧。等店铺打烊，咱们一起去洗澡吧。"

由于时间尚早，我便按照她说的那样去看电影。

我看的音乐电影很不错，只不过后面令人忧郁的人情世故有些无聊。我早早离场，在附近的商业街溜达，买了一个很适合雪子的手提包，然后便回到国际剧场里，正好雪子拿着装有毛巾和香皂的金属洗脸盆从美容院里走出来。

"真烦人。刚才有人说要一同去洗澡，还说什么顺路，被我给拒绝了。——时间也富裕，就去附近的酒店吧。这边的酒店就是酒店,听说对卖淫管控得还很严,情侣应该没关系。"

雪子用无所谓的眼神看着我。

我就喜欢她这点。做事干净利落,不拖泥带水。实际上之前曾说过不会再见,可还是与雪子见了面,知道她会瞧不起我,但我并没有因此而尴尬。恋人一旦相见,便决定要做何事。情侣能在条件允许的短时间内,出色地做完要做的那些事。

穿过千束町的后巷,有一家不算上档次,但是看上去有点漂亮的温泉旅店。

"那就这家吧。"

"嗯,可以。"

于是我们选择了这家旅店。

我们进入壁龛里摆放着廉价京都偶人的房间。首先我故意默不作声地将装在包装纸里的女性手提包拿出来,随后又将三张五千元和十张一千元的钞票,呈扇形递给雪子。看到这些的雪子瞪大眼睛。

"天啊,这太吓人了。你要拿这些东西做什么?"

"别说胡话,这些东西当然是给你的。不知道你喜不喜欢这个手提包。"

"我很喜欢,非常漂亮。这段时间,我已厌倦了又脏又旧的手提包。所以我很开心,不过你哪来的这么多钱?"

"你不必如此惊讶。我知道你了解我,不过这些钱都是干净的,可以放心使用。你都收好吧。"

此时的我心情大好,雪子也开心地紧紧抱住我,还站着亲了我十下。

接下来的谈话,雪子说刚才看到我的时候,还以为又是来找她要零花钱的。这是雪子有生以来第一次见到这么多钱,她不会因此而浪费,一半的钱会存起来,剩下的部分打算买夏天的裙子。

"我有时候觉得自己真的非常恨你,但却恨不起来。你这个人完全不上进,很快会输得精光。你先抱住我。最主要的是……不……不……就是死……那个……你……"

和以前一样,雪子的身体因为痛苦而颤抖起来。

"跟你说件事。从今往后,我不会再找你要钱。还有个好消息,我在这段时间里,运气好到爆。打牌不仅赢了,连自行车竞赛都中了大冷门。还有,我最近打算做回正经人,找家公司工作。"

反正对雪子也没必要隐瞒。

我将伊豆的事全讲了出来。在讲述的过程中,原本内心的想法已不再强烈,与此同时,我甚至觉得去找那个人事科长也是个不错的主意。我是生是死其实都无所谓,但在此之前过上一段正常的生活总觉得也不是不行。

"我压根不知道你对死亡是这么认真，只是觉得你有些奇怪。不过也多亏这件事，你才能找到工作。"

"没错，我也是这么想的。我该怎么做呢？要不要去试一试啊？"

"大胆去干吧，我支持你！假以时日，你必成大器。像我常说的那样，你的意志如果能够坚定起来就好了。凭借意志力，毒品你都能戒掉。"

"那个……药方面的事吧，还是有难度的，这点我可没有太大自信。不过，如果我能在那里工作就好了，毕竟那可是一家制药公司啊。小田原那头的药厂在接到社长命令后，立刻把药寄了过来。要想把这么好的药弄到手，没有计划可是不行的。"

"不行。你要是为了得到那些药才决定重新做回正经人，那就太令人失望了。药的事请你忘掉，好好做回人吧。我因为自身的本事，在如今这家美容院备受称赞。对我而言，在那里工作并不会觉得心情不舒畅，我一直很有耐心，而且准备在她们开分店时拿下经理的位置。到时候你要是有机会变成一个体面人，咱们两个就结婚吧。这可是件大事，现在需要你来做决定，如果你考虑清楚了，就跟以前的你一刀两断吧。"

我并不想如此天真地计算得失，但这确实也是看待问题的一种方式。我的心情比任何时候都要强烈。社长家的丫头虽说看不上我，但她还是送给我一千元，我必须前去答谢。趁现在手头还宽裕，我决定把这份恩情先还上。我盘算着，这样一来，自身的信用也会增加。总之先去一趟人事科长那里，哪怕只是看下情况也是有价值的。

奇妙的抄写

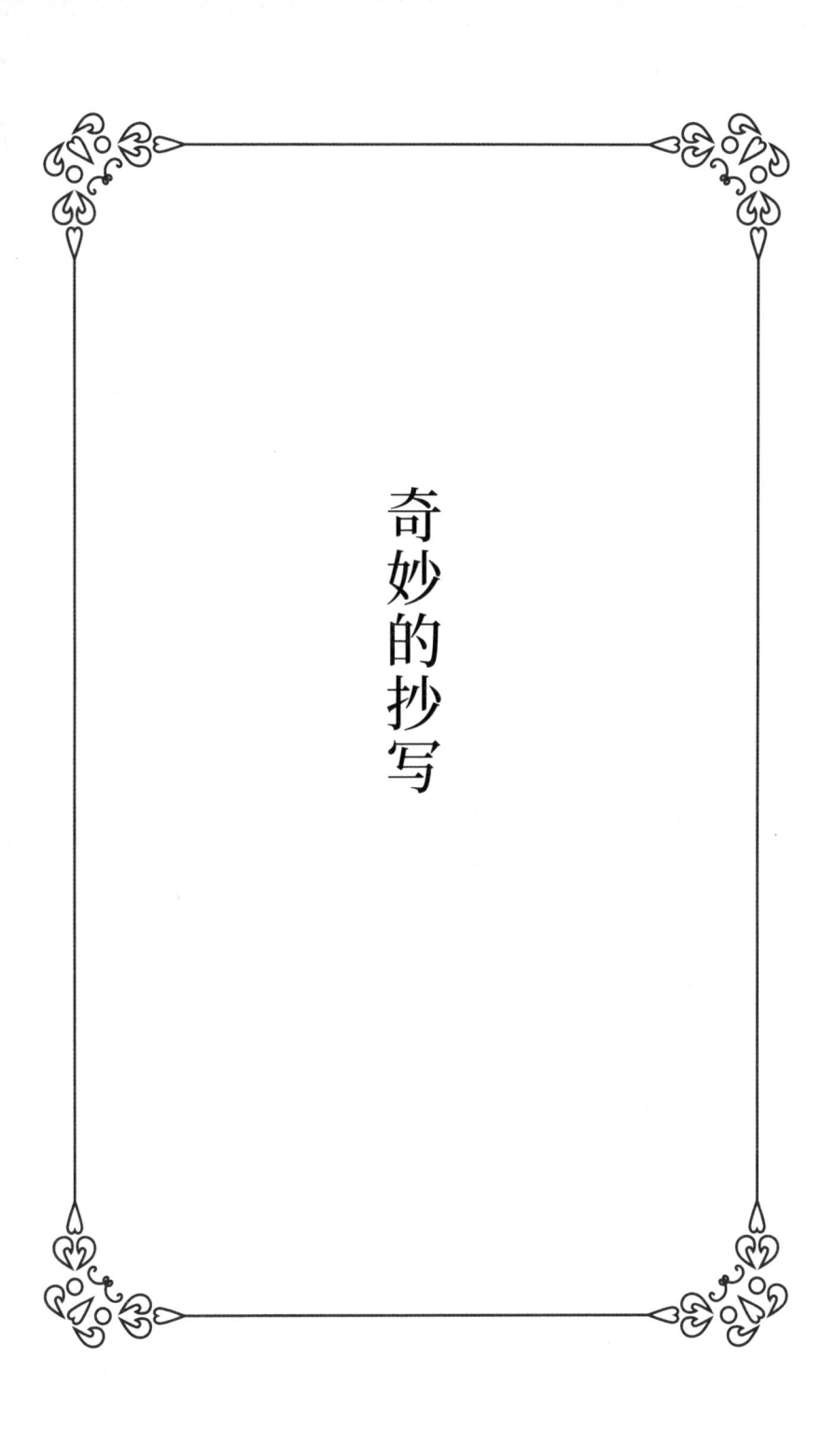

一

社长家以制药业为主，还经营着涂料工厂，虽说不是很有名，但还有香皂和化妆品工厂。

我是作为临时工而非正式员工进入盐田制药的，总之，做出这个决定已经是半个月后的事。

就像在银座的高级商品店，人明明很兴奋，但什么都不买，就算突然走进店里也只是问问价格。也就是说，我是抱着这种心情找的人事科长村越卯平。公司占据着科学工业大厦的七楼，我在接待室等了很长一段时间，等得有些生气的我在长椅上翻来覆去，准备离开时，总算走来一个有着营养不良的面孔，穿着如同学校老师衣服的女员工给我带路。

科长正邋遢地坐在长桌最边上的位置。桌子上杂乱地摆放着文件、图章、设计图以及烟灰缸，喝到一半的茶已经变冷，也被放在桌子上。看样子科长应该是刚吃过饭。他一边用牙签剔着牙，一边用"你来这里有什么事"的神情打量着我。

这种理所当然的样子让我很是不爽。

"不好意思打扰了。我按照约定的时间前来，却让我等了三十多分钟。"

我表现得很唬人，但还是忍耐下来。我从口袋里掏出一张一千日元，说这是大小姐借给我的钱，想借科长之手代为还给大小姐。

"哎哟。"

村越科长打量着一千日元和我的脸，稍微停顿了一下，然后继续说道：

"你小子可以啊，这件事做得漂亮。没想到你如此守规矩。我会把这钱还给大小姐的。"

看上去我误打误撞做对了。虽说我只借来一千日元，但如果不还回去，性质就不一样了。因为守规矩而受到褒奖，我的"股价"也随之上涨。当被问及从伊东回来后做了什么，我并没有回答自己玩牌和自行车竞赛的事，而是说回来后有在打工。接着我便被告知这家公司有时候也会启用学生在宣传部工作，然后他让我提交个人履历书，问我有没有准备好之类的。

"老实说，我也是这样想的。履历书已经写好带来了。"

早听说会有这种事，所以我提前用毛笔规规矩矩写好了履历书。我将履历书递给他，焦虑地等待着结果。科长认真看过后说道：

"这可真惊人。你的字很有特色，写得非常好。你有在练字吧？如今的年轻人很少能写得这么好。"在得到赞许后，"只不过，你的保证人是个女人啊。这个叫作南川雪子的，是你什么人？"

他问到我的痛点，我保持着冷静，回答道：

"她是我的叔母。我既没有父母也没有兄弟，家里只剩下叔母这一个亲戚。她在浅草经营着一家美容院，总是会斥责我。女人嘛，也是没办法的事。你要是需要，我可以把户籍副本给你拿过来。"

只能一条路走到黑。

不过让自己的女友充当叔母，其实并不算什么大事。认识的流氓里，有人能联系到市政府的人。拜托那个家伙，除了当天皇的亲戚有些难度，想伪造外务大臣表兄弟媳妇的叔叔之类亲戚的户籍副本，只要把印章偷来，随时能伪造成功。

科长说不需要副本，节本① 就可以，而且担保人可以是女性。

"不过这份履历书我并没有实话实说。吸毒的内容没有写上去，连自杀的事也省略没提。"

虽然说了一些不好的事，但对方的脸上却充满微笑。

"没关系的，这种事社长已经吩咐过。你先以临时工的身份过来工作吧。如果你能够认真工作，会给你月薪而不是日薪。"

---

① 译者注：节本又称为摘录本，指摘录原本户籍的部分内容。

科长大方地把话说开后，就没再出什么乱子。

这些事要是被我那些朋友听到，估计他们会哈哈大笑。

我的狗窝位于大塚站附近的铁道旁，是一栋看起来摇摇欲坠的二层公寓。从现在开始，我要表现得像个相当勤劳的人。那双从社长别墅得来的帅气皮鞋，还穿在我的脚上。

首先，我被派往荒川的肥皂工厂工作。我上学的时候曾立志学习理工科的化学，因为这层关系，我被委任为产品实验室的助理，可由于我过于笨拙，粗心大意搞错试剂，犯下了大错。后来我被调往宣传部门，没过多久又被调往位于龟户的涂料工厂工作。

至于为什么会在这么短的时间内工作被换来换去，其中一个原因应该和公司的安排有关。还有一点，我这个人不论去哪里都会发生不顺心的事，先不说是否出于真心，即便我竭尽全力去工作，也无法融入其中。

说起来不知道是谁嘴那么欠，把我自杀的事情说给公司里的人，于是便有好事之徒自以为很有趣地直接问道：

"你是为了女人才去死的吧？是怎样的女人啊？"

还有些家伙则会挖苦道：

"你是不是被社长家的千金救了？真是幸运。你该不会是故意在大小姐面前假装自杀的吧？"

这帮家伙看我的眼神不仅仅是出于嫉妒，还伴随着警戒和轻蔑。我对此相当气愤。

我本想冲他们嘶吼，说他们确实和我不一样，可用不了多久，就会让他们见识一下什么叫作不一样，但我想到与雪子之间的约定。要想做回正经人，自己需要忍受一切，努力地工作，于是我努力使自己温和下来，说道：

"请你们再好好想一下。我并非惜命而获救。我真的打算去死，但是没有死成。如今剩下的问题是，我究竟是病死还是在病死之前自我结束生命。只有这两个选择。只不过我想在死的时候，尽可能不给他人造成麻烦。"

这些话，我时不时地会对他们说一遍，实际上并没有这个必要。

不过要是让这帮人知道我一天到晚抱着想去死的心，他们或许会认为，只要发生什么意外，我便不知道会做出什么事来。这样就能把他们给唬住。

然而，好不容易下定决心好好工作，却一点也不觉得有趣。

每天给的工资少得可怜，如果再这样下去，想得到毒品只能去偷汽车。虽然这么说，其实我背着公司的人和之前的那些朋友赌博。我的运气还和之前一样神奇，经常能不费吹灰之力地赚个两三千日元，甚至能赢回两三件值钱的东西。我知道，如果实在有困难，雪子会想办法帮忙，所以没再想偷汽车这种危险的事。

由于没有一个地方能够令我满意，渐渐地我下定决心，不久后和这份工作说再见，果然还是死亡最省事。正当我开始在暗中计划此事的时候，我被人事科长叫了过去。

二

来到科学工业大厦的总部，科长带我来到大厦的顶楼。

我一边望着楼下如虫般奔驰的汽车以及对面的电视塔，一边和科长进行对话。

"有些令人头疼啊，工厂那边对你的评价比想象中的要糟糕啊。"

"是吗，是怎么评价的？"

"内容有很多。总的来说，就是认为你是个令人毛骨悚然的男人。不过工作方面，你倒是没有偷懒。"

"我可不会偷懒，有在好好工作。不过，我其实也想过。"

"也想过？想过什么？"

"我在想'感谢你们这些日子的照顾，我还是辞职回家比较好'，这个想法怎么样？是不是给您添麻烦了？我还是辞职比较好吧？"

我不再有其他困惑。

科长的手背上有颗梅干大小的痣，痣上还长着三根左右很长的毛，非常有趣。我一边想着完全不相关的事情，比如为何痣上会长毛，一边回答着科长的问题。科长用长着痣的手紧握住手帕，用力擤着鼻涕，然后说道：

"实际上我去过社长家的别墅，还和他打过网球。"

"是吗？"

"社长还提到你的事。当被问到如何安排你时，我像刚才那样进行回答。大小姐在一旁说不应该让你突然在工厂打工，索性让你去她家工作看看。怎么样，你要试试看吗？"

"她家？在哪里？是那栋别墅吗？"

"不是。社长是出于健康原因才去那栋别墅的。不过再过十天，他就会回到东京。他的正宅位于中野，你要去的地方就是那里。"

"知道，就是去正宅当工读学生吧？"

"算是吧。称呼什么的无所谓，具体工作是让你帮忙养狗。"

"什么……"

"社长家有三只秋田犬，都是很凶狠的狗，女孩子不便带它们散步。有个老头子一早一晚会带它们出门，不过那个老头子已经辞职不干了。于是大小姐决定请你接替这个工作。"

也就是说不是工读学生，而是把我当男仆使唤。虽说感觉自己被愚弄了，但这个工作负担应该不是很重，相对很轻松。

"条件很优越。公司每天都会给你工资，而且你能住在社长家里，还可以自己决定上班时间。"

这么一听，确实还不赖。

住在那里，虽说总觉得像是被人监视一样，但真能住进去的话还是很自由的。简单来说，不仅能和雪子见面，还能出门找那帮朋友，因此我非常感兴趣。科长则继续说道：

"不着急，毕竟这是等社长回来之后的事。你可以先好好考虑一下，然后再回复我。——接下来，在这段时间里，会让你做我的工作。不是公司的工作，是我私人的工作。你履历书上的字很是漂亮，所以，我想请你……"

他的语气变得迟缓，听上去好像很重要。其实他所说的私人工作是对古籍进行誊抄。科长将那本古籍从抽屉里取出，交到我手上。据他所述，这本书出版于明治时代，如今已经绝版。因为是从别人那里借来的，所以必须归还。在归还前，他想把书的内容全部誊抄一遍。

"誊抄工作要在公司进行吗？"

"没有这方面的必要，你带回家誊抄就行。我必定会给你谢礼，你最近还可以休息。"

"是吗？这样的话……"

这工作不论谁都可以胜任。

但我还是欣然接受。

于是我将这本书带回位于大塚公寓的狗窝。

这是某位律师将自己处理过的案件记录下来并整理而成的一本书。书名是《刑事裁判回想录》。里面出现了很多现在不再使用的汉字，旧时语法也非常生硬，书中除了提到的小妾杀死正妻案很有趣，其他案件完全没有意思。在接下来的一个小时里，最多抄写完五页内容，由于迟迟没有进展，弄得我很是为难。好在这本书不是很厚，我紧闭牙关伸了个懒腰。原本计划三天誊抄好这本书，结果却花了一个星期时间。

誊抄好的那天，我去看了雪子。

由于觉得当男仆伺候秋田犬这件事特别丢人，于是我对雪子说自己在社长家当工读学生。

"真不错。工读学生的话，是不是能前往夜校学习？"

雪子表现得非常开心，可随即盯着我说道：

"不过，我有些担心。"

"担心什么？"

"你有点太过相信那个社长了。"

"不是的，才没有什么信用可言呢。是社长他家丫头说的，要教她爸爸积德行善。她把我这小混混儿捡回去，说是让我重新做人，说白了是给她爹当积德行善的素材。"

"我不觉得是那样。这其实是社长千金的问题。她让你留在她家做事，很有可能是喜欢上你了。——如果是这样，我就不能让你去她家当什么工读学生。"

"你别说这种胡话。"

早些时候，我就因为她吃醋的样子震惊到笑出声来，不过经她这么一说，我确实忍不住回想起那天在海边的小道上见到大小姐大腿的场景。

我完全搞不清楚那个女孩究竟是真蠢还是真聪明。乡村摇滚是这个时代可怕的存在，青少年能够冲上舞台亲吻乐手。或许她和那些战后的虚无颓废派一样，是个疯丫头。于是，一种想法隐隐约约出现在我的脑海里，或许正如雪子说的那样，我本就是个走样的窝囊大学生，加之自杀未遂，因此她才会对我产生兴趣。

这天夜里，雪子比以往还要固执，这令我很是头疼。

总之，我和雪子对这件事都是丈二和尚摸不着头脑。

转天，我把誊抄好的《刑事裁判回想录》带到人事科长那里。

"这工作相当费事吧。"

"是啊，要注意一字一句都不能出错。"

"做得漂亮，多谢。"

科长并没有说明为什么非要抄写这本书，对此我也没有多问。随后便转到在社长家当男仆的话题上。

"怎样，下定决心了吗？"

"是的。如果可以，让我去吧。"

"社长会比之前计划的早些回到东京。那我明天带你过去吧。只有社长和大小姐两个人会作为主人住在那里。至于其他人，算上司机、做饭的老妈子以及女佣，总共四个人。你除了照顾狗，庭院的事最好也负责一下。负责教音乐和绘画的老师也会出入那里。还有，大小姐今年秋天会结婚，新姑爷是和大小姐一同将你救下的若森先生。他是放高利贷人的儿子，是个了不起的青年。"

科长事无巨细地将社长一家的内部情况讲给我听。

犬仆

一

盐田老头子和他家丫头——

仔细想来,我对这两个人有一种毫无理由的反抗心理,或许我也有着抵抗情绪吧。

在我自杀前,并没有拜托他人,但却获得救助。不仅如此,在之后的日子里还对我关怀备至。如果我真是个正经人,就该对此心怀感激。抵抗情绪一旦持续下去,便不再合乎情理。起码我不应该用"老头子"和"他家丫头"这种不礼貌的称谓直呼他们。

老头子和他家丫头——不,是社长与大小姐恭子住进中野的本宅后,我便找时机从大塚的公寓前往本宅工作。接下来的一段时间里,表面上并没有什么变化,日子过得也算平静。

最令人犯难的是丫头……是大小姐恭子家的狗。

"四宫先生,贝利岁数很大,你带它散步时要特别留意一下。请不要让其他的狗喧哗。"

"四宫先生,狗屋要打扫得更仔细才行。你在报纸下面撒点

DDT①,别让跳蚤出现。"

"四宫先生,克林的刷子别忘了。克林非常喜欢用刷子刷毛。"

"四宫先生,你一定要在狗的食物里混入米糠。你要是嫌麻烦偷懒,我可就生气了。你要记住,狗狗也是需要维生素的。"

"四宫先生,妮拉可是要出席品评会的。请多喂它吃点鲸鱼肉。不能喂它吃肥肉,要给它吃红肉……"

她不是在不停地发号施令,就是在不停地抱怨。

我不讨厌狗。

狗比一般人更加正直、更有感情,只要跟它们讲话,它们便会歪着头,像是能听懂人话一样。每当看到狗狗们的样子,我就想和它们脸贴着脸。

然而,三头体形庞大的秋田犬,在这个家里饲养实在是项艰巨的工作。我听家中女佣说,光建造狗屋就花费了十万元以上。这种事其实还好,毕竟遛狗才是我的工作。由于狗的体形庞大,即便我是个大男人,牵一只狗出门都费劲,更何况还命令我遛一个小时,而且还要上午和下午各一次。全部加起来,光是照顾狗就要花费六个小时。而一天的时间,总共就那么点。

好好的年轻人却这样活着。成为狗的仆人,这种事说出去都

---

① 译者注:DDT,又名"滴滴涕",成分是双对氯苯基三氯乙烷,是有机氯类杀虫剂。

丢人，不过我却对这份工作相当满意。狗与我熟悉后，我决定将没怎么受过训练的秋田犬训练得和牧羊犬一样，我对它们进行伸手、趴下、站住、跳跃等训练，而且逐渐有了成效。

"四宫先生你真是伟大，真是了不起的驯兽师。我都不知道秋田犬还能做这些事。"

得到恭子小姐的夸奖，我心情大好，不满之情荡然无存。对于我这个身败名裂、毫无退路的混混儿而言，这种程度的工作实在是再合适不过了。

早上九点之前，我来到社长家，下午快六点的时候，我在厨房里吃着晚饭，等吃完饭就能自由离开，所以在这里所需的时间和去工厂工作差不多，还很悠闲自在，只不过在这段时间里，我和社长几乎没有说过话。

话虽如此，一开始和人事科长一同来到本宅的时候，其实和社长聊了十多分钟。当时他问我关于海洛因的事，弄得我很犯难。

于是我谎称："这件事虽说很痛苦，但我还是坚决戒掉，如今已经不再注射。"

"是吗？那可真令人惊讶。听说那东西很难戒掉，要戒掉全凭意志力。"

信以为真的社长对我赞叹道。撒这种谎当然是为了提高我自身的"股价"。其实我总是躲在被阳光照射的狗窝后面，或是带狗散步时在墓地里，趁着没人给自己打针。在我的衣服口袋里，总是装有毒品和注射器。别开玩笑了，这玩意儿怎么可能轻易戒掉。

除了狗的事，恭子小姐也很少跟我说话，家中经常和我聊天的是一位叫作阿纹的中年女佣。她对我非常友善。

"衬衫或是什么东西脏了千万不要客气，通通拿给我。我用电动洗衣机帮你洗，一点也不费事。如果衣服洗皱了，就和小姐、老爷的衣服一同送往洗衣店。你不用在意，这些都会算在月底的账单中。"

据说她是个死了爷们的寡妇。之前当我打扫完狗窝，前往用人专用的浴室洗澡的时候，她好像有什么事似的走过来，并见到赤身裸体的我。这倒也没什么，毕竟这种女人的好意，我没有丝毫兴趣，不过我从阿纹那里听到了很多事情。

"你听说了吗？大小姐秋天就要结婚了。结婚对象是前阵子来教钢琴的若森先生。他们两人是在音乐会上认识的，若森好像对大小姐非常着迷。不过据我们所知，大小姐对他并不那么喜欢，是在对方百般恳求下才订婚的。新姑爷的父亲叫作若森新作，是个放债人。那可不是什么小额贷款，是那种成百上千万的贷款。作为放高利贷人的儿子，他的人品可以说非常优秀，不过大小姐对他并没有什么兴趣。和大小姐相比，老爷倒是对他更加关心。毕竟老爷是企业家，应该是打算得到女婿家的财产。如果能成为亲戚，就可以把那些钱当作企业资金使用。"

说到这里，她往我碟子里多放了一块油炸豆腐。我完全没有发问，她便把这些事全讲了出来。

——顺带在这里提一下，我之前对恭子小姐的那种失望，其实是完全错误的。

她并不是我想象的那种疯丫头。其实当我来到这里，和她朝夕相处后，便弄得一清二楚。她有着非常充足的文化修养，性格开朗且标新立异，是一位非常优秀的千金小姐。除绘画和钢琴外，她还有着很广泛的兴趣爱好。之后的某一天，阿纹带我看了一间据说是恭子小姐专门用来收集植物标本的房间，看完令我无比敬佩。房间里分别摆放着几个数层高的架子，架子上摞着厚厚的纸，每张纸上都用透明胶带贴有植物。每个标本上都贴着标签，上面用漂亮的字体写着植物的产地、收集日期、日文名以及学名，整理得相当整齐。

这些事我全然不知。

除狗的事外，她对我完全不理不睬，不过这也是理所当然的事吧。

未婚夫若森信吉开着帅气的新车来到她的住所，他们一起弹钢琴、放唱片，还一起出门去看画展。有一次，我遛完狗回来时，恭子小姐在门口把我介绍给若森信吉。

"这个人你还记得吗?"

"啊,是在伊东的……"

"是的。从那之后他变得很有精神,现在正在训练我家的狗。看他变得这么认真,爸爸也很高兴。"

"原来如此,那真是太好了。"

就这样,两人走下门前的石阶,朝汽车停放的方向走去。

若森信吉对我也是视而不见,这自然也是没办法的事。

我将自己对这位出色大小姐的那些不满从脑海中清除。随后,人变得有些空虚。于是我前往浅草国际大道后面的根本美容院,叫雪子出来。

二

夏季即将来临。

一到夏天,我就总是穿着夏威夷衫,阿纹却说夏威夷衫很俗气,大小姐不会喜欢的,于是我决定改穿常见的开襟衬衫。实际上,穿衬衫要更加方便。因为是长袖,正好能挡住手臂上注射的痕迹。

公寓的屋檐下,罕见地有燕子前来筑巢。一旦母鸟归巢,张大嘴巴的幼鸟就会将头从巢穴中探出。

报纸上的天气预报预测，今年夏天要比往年更加炎热，我对热倒是无所谓，只不过雪子是个爱出汗的人，只要见到这种报道就会发牢骚，接着便顺着这个话题说下去。她之所以极度讨厌夏天，是因为现在工作的这家根本美容院的屋顶是用白铁皮制成的，想起来就觉得难以忍受。除这件事外，实际上她还听到一个传言，于是我问她是怎样一个传言。

"地点是福岛县的温泉町。据说那里正在出售一家美容院。店里的一位客人是一家五金店的老板娘。她跟我是老乡，所以才把这个消息告诉我。那家店是镇上的艺妓开的，生意非常好，但她因故要前往其他地方，所以想低价转让店面。经营权和设备全部包括在内，十八万就能拿下。这年头，就算是乡下也很难有这样的机会。福岛的话，一定非常凉爽。只要有钱，我一定会去那里开店的。"

她的语气听上去似乎有些遗憾。

"原来如此，你还是想自己开店啊。不过，十八万真的很难拿出手。"

我如此回答道。

"没关系的，我也知道现在不可能。我只是太讨厌东京的夏天，所以才会想起那家店。"

雪子说完这话，这个话题也随之结束了。但没过多久，雪子提到的这件事就和案件产生了联系。

七月底，恭子只身前往北海道。

听阿纹说，社长在北海道有位经营鲱鱼渔场的亲戚，所以大小姐才会去那里避暑游玩，同时她还能前往苔原地带采集喜欢的植物，至少两三个星期不会回到东京。

这种事自然与我无关，我依旧是狗的仆人，过着和往常一样的日子。有天晚上，好色的黑田来到我的公寓。

这个好色之徒是走私毒品的狗腿子，和我是老相识。他在女人方面很是没出息，随时能被女人迷住，而且总是爱聊这方面的事情。他经常会带毒品来看我。因为他人不坏，我对他也比较放心，于是将雪子的事、盐田社长家狗的事以及恭子小姐的事都告诉了他。

黑田还是老样子，说了很多新结识的情妇的事。

那个女人虽然很年轻，但是有很重的毒瘾，为了赚取买药的钱不要命地工作。黑田看她可怜，于是对她进行了粗暴的治疗，将她五花大绑在酒店的床上监禁了十多天，总算是将毒瘾戒掉了。从那天起，女人就像黑田的老婆一样，全心全意地为他服务。

"毒品一旦戒掉，她就变得像寻常女子一样好。她拥有漂亮的身材。因为和 GI① 的客人打过交道，说得一口流利的英语。要是不开口说话，直接走出来的话，妥妥的时尚女郎。"他得意地说着，然后突然很在意似的问道，"对了，大哥，你最近有没有得罪什么人？"

"怎么了？你可别乱说。——我可不记得有这种事。我一向待人温和。像你知道的那样，我不过是一介勤杂工。"

"是吗？这么说也对。其实，上个月，我在这栋公寓的走廊上见到了一个奇怪的家伙。"

"什么？"

"那个家伙是个年轻男子。我来的时候，他正站在大哥家的门前，透过锁孔往屋里偷看。由于走廊太黑，没能看清对方的脸。看着不像是个硬茬儿。"

"我都不知道这件事。还有，透过锁孔往屋里偷看，是想干什么啊？"

"大哥，这种事你得问那个家伙，才能知道他想干什么。他一看到我走来就慌张起来，离开门口，在走廊上与我擦肩而过，然后顺着正门的楼梯离开。你有印象吗？"

"没有。如果能看到对方的脸，兴许能认出来。"

---

① 译者注：GI 特指美国大兵。

"真可惜,要是能抓到那个人就好了,或许是个闯空门的。公寓这种地方,一不留神就容易发生这种事,你还是小心点儿。"

这其实是一个预兆,但我并没有预感到接下来会发生什么事。

这个好色之徒又聊起女人的事来。

然后他又跟我说,下次我买毒品能便宜卖给我,说完就回去了。

他走之后,我照了下镜子,发现头发有些乱,于是前往大塚车站前理发。理完发,我本来想再去雪子那里,但并没有去,溜溜达达地回到公寓。

"啊,请等一下。——我有话对你说。"

一个男人突然走到面前跟我打招呼。

明明是盛夏,这家伙竟然穿着整齐的西装。领带的配色非常朴素,而且系得相当板正。他和我差不多高,年龄也相仿,但我从没见过他。

我没有立刻回复他,而是仔细打量这人的样子。

"奇怪,您是哪位?我并不认识您。该不会是认错人了吧?"

他表现得稍微有些惊慌。

"不好意思,我是突然拜访您的。我叫作山仓由雄。"

"这样啊。您找我有何贵干?"

"实际上,我之前来过一次。但碍于没有介绍人,而且事情有些复杂，不是三言两语能说清楚的，所以我在您门前犹豫许久，见您的朋友好像来了，便离开了。不知您方便和我边走边聊吗？"

这事变得有趣起来。

这回我终于知道好色的黑田看到的男人是谁了。

"虽说不知道你要说什么，但我今天还有别的地方要去。"

我故意煞有介事地说道。

"啊，这样啊。如果您有事要忙，那我改日再来拜访。不知您意下如何？我很想结识您。"

"想结识我的话，没酒可不行。不过边走边说有点太……"

"没关系的，今天不会立刻聊到重点，对您而言也不会造成什么损失。"

这个自称山仓由雄的男人，一边胆怯似的环顾四周，一边低声对我说道。

自杀的价格

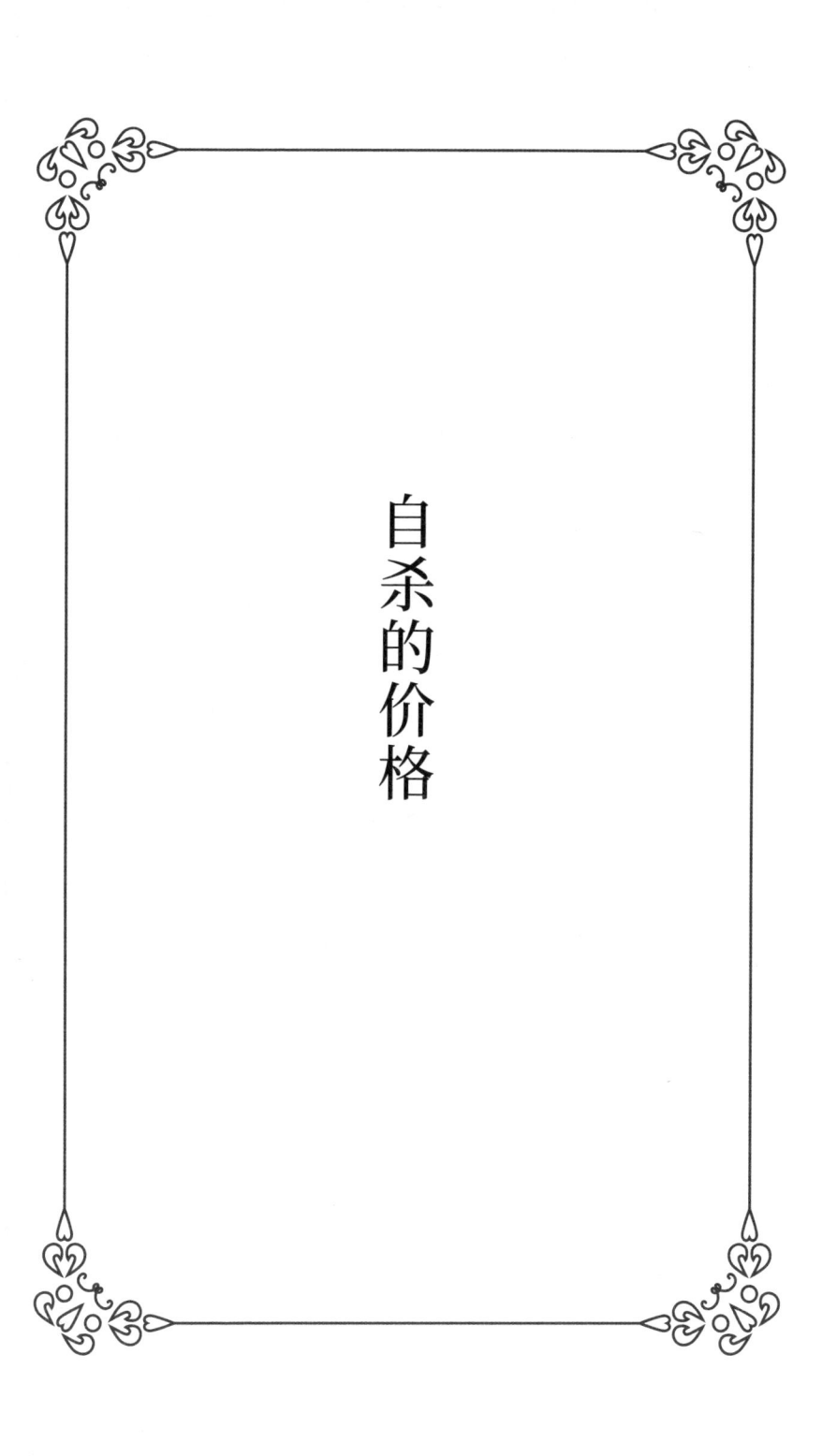

一

那天晚上，我和山仓由雄没有聊太久。

对我确实没有造成什么损失。

只不过这个家伙当时不太情愿说出详细内容，总的来说，是给我带来一份能赚钱的工作。即便这份工作能赚很多钱，我也不会轻易相信，毕竟这是由一个素不相识的人突然说出的事。所以我搪塞一番，在公寓的入口处和他分开。分别时，山仓说明晚务必要与他见面。接着他还说，最好能找一个不引人注意的地方见面，于是我提议，可以的话，在浅草国际剧场前等我，时间定在晚上八点。

我按照约定的时间来到剧场前，并没有见到山仓的身影。我有些生气，并且说出"搞什么啊，这个王八蛋"这种话。其实，我选择这里是别有用心的。我用香烟店的红色电话打给在根本美容院工作的雪子。

"今晚有空吗？"

"可以，要十点半左右。"

"好的，那我看完电影先去酒店。"

当我"喀嚓"一声放下电话时,那个家伙正好站在我身边。

这个家伙解释说自己早就到了,因为肚子有些饿,所以才跑去吃烧卖。我随即说道:

"你未免太小瞧我了吧?我可是算好时间过来的。"

说完这话后,我觉得现在和他谈论秘密内容正是时候,便带着他前往和雪子约好的温泉旅馆。

我跟上次去社长家一样,穿的是夏威夷衫,这个家伙的穿着则和昨天一样,依旧是系得板正的领带。他脱下上衣,掏出一把廉价的扇子说道:"那我先说吧,毕竟还是把事情跟你挑明比较好。我打算给你十万元当作报酬。"

"这又是什么一本万利的工作啊?十万元的报酬,那我应该做点什么好呢?"

"我也是受某人之托。但我绝不能说出那个人是谁,就假设有这么一个人吧,对了,称呼这个人为A吧。也不跟你拐弯抹角了,是这个A委托我把你给杀掉的。"

"喂,你给我等一下。你可不要吓唬我,我胆子可非常小。为何非要杀我不可呢?"

"理由和A的名字一样,必须保密。所以这一点请不要问我。不过我可以告诉你另外一件事,那就是我不会杀你。"

"真是叫人感到意外,跟受到他人恩惠一样。我还是头一次遇到这种事。我想问一下，你觉得，我这个人会不会乖乖地等着被人干掉？"

"这方面我没有想过。这个嘛……我觉得不会。实际上，经过这五天对你的了解，我知道了一件事，那就是杀掉你是非常困难的事情。正因如此，我才想和你商量一下……"

"别开玩笑了，这种事怎么可能商量？你因为不能把我杀掉，于是才拜托我杀掉自己？"

"嗯，是的，你要是这么想这个顺序，我没有意见……"

这家伙说话极其慢条斯理。

我与其说是在生气，不如说对这个男人有些震惊。他有着细长的眉毛、文雅的鼻子、薄薄的嘴唇，相貌算不上是个美男子，看上去总觉得有些呆头呆脑。

他将在胸口扇动的扇子，慢悠悠地用双手折起，像是对待什么贵重物品似的把扇子收进上衣口袋。

"我其实从一开始就没想过这份工作能像我希望的那样顺利进行，因为A的要求实在过于无理取闹。A让我杀掉你，如果这件事能简单进行就好了。虽然这么说有些失礼，实际上，我想过很多种杀掉你的方法。我直接说吧，你每天都乘坐国电[①]前往盐田

[①] 译者注：国电是日本国有铁道运营的电车，主要在东京和大阪两座大都市附近进行短距离行驶。

幸造的家。途中最拥挤的车站是池袋和新宿，你的换乘车站是新宿。因为你粗心大意，总是无视站台的白色安全线。你会站在站台的边上，也就是能与电车擦身而过的地方等待电车到来。所以，电车驶入时便是动手的机会。只要在你身边稍微跘跄一下，你就能从旁边摔下去，这样一来你便死了。我还有其他方法，就是在你带狗出门散步的时候。你遛狗的时候会前往墓地，在狗拉屎期间，你会在胳膊上注射某种东西。这应该是你选好的注射场所。那里有一棵巨大的松树，以及刻着'土屋家历代祖先'字样的巨大石碑。你在前面盘腿坐下，并把狗拴在一旁，然后进行注射。松树的树枝已经延伸到你的头顶，看上去非常坚固。只要在树枝上放一块大石头，然后用绳子那么一拉，石头应该会掉下来。我还知道在树的附近有一座无缘佛①的骨灰塔，只要躲在那座塔的后边拉动绳子就好了。如果顺利，你就能被石头砸死。即便砸不死，你的肩膀、胸口也会被击中，接着倒地不起。我只要跳出来给你致命一击就完事了。"

虽说我什么都不清楚吧，但这个家伙好像在详细地监视我的一举一动。我想插嘴说上几句，但又知道自己说不出什么好话。然后，这个家伙又憨笑道：

---

① 译者注：无缘佛指那些死后无人祭拜之人。

"就是这么一回事。如果只是单纯地杀掉你,这份工作就不必这么辛苦了。但是 A 却提出特别的要求。你知道是什么要求吗?"

"不知道,我又怎么可能知道。"

"请不要动怒,动怒的话就谈不下去了。A 的要求是,让我杀掉你,且看着跟自杀一样。也就是说,将你的死伪装成自杀。这样一来,问题就复杂了。总觉得不论是推下电车站台还是松树上掉石头,都不太好,一看就知道不是自杀身亡。按照 A 的说法,你平常总说不久后会自杀,而且你还企图自杀过一次,所以你要是死了,别人会以为你是自杀身亡。"

"喂,你等一下。那个……怎么回事……居然如此了解我。也就是说,这个叫作 A 的家伙,应该是我身边的人。他是因为什么事和我有关系的呢……"

"一定是这样的。和你完全没有关系的人,怎么可能会说要杀掉你呢?"

"也是。那好吧,如果是这样,你就告诉我,这人是谁?究竟在什么地方?"

"那可不行。之前已经说过,A 的名字是绝对的秘密。不过,我也很困惑啊,没有将你顺利杀死的方法。虽然有些啰唆,但还是要重申一遍,我没有办法将你伪装成自杀。我思来想去,觉得还是直接和你商量比较好。如果你能和我谈下去,作为谢礼,我会给你十万元。你应该也能察觉到，这是 A 给我的酬劳，这笔酬劳我不会独吞，其中一部分我会当作没有收到，转送给你。能得到这笔意外之财，想来你应该也会很开心吧？"

这个家伙从上衣口袋中取出扇子，晃着脑袋，偷偷盯着我的眼睛。

二

我看起来好像一个傻子。

山仓这个家伙，不光在讲话上，连态度也冷静到不行，有一股不同寻常的倔强。我就算想生气都没有办法，这种感觉好像自己被随意关在某个地方一样。

"总而言之，这是一个不错的主意吧？我猜你不仅很高兴，而且会称赞我的想法。怎么样，十万元啊，不错吧？"

他再一次提到钱的事。

"你还想让我对你感恩戴德吗？十万日元是一日元的十万倍，是一万日元的十倍。可仅仅为了这些钱就被杀掉，那不就没地方花了吗？只有活着的人才会想得到钱，所以你不要再对我说这些蠢话。"

我如此呵斥道，但他没有丝毫畏惧。

"不，其实我刚才就想说清楚，是你没有给我机会。结果只说到一半，就被你……"

"是吗？那你快说啊。真让人火大。"

"对不起。我是想让你充分了解这件事，所以才按顺序说的。我并没有用十万元买你命这种草率的想法。——因为我知道，杀掉你是件困难的事。所以我想干脆用钱买你的自杀。"

然后这个家伙用手蹭了蹭留有抹布痕迹的矮脚饭桌，用惜字如金般的口吻说道："想到这个主意的时候，连我都觉得这个点子非常棒，同时也坚信自己能够成功。购买自杀，对你而言是贩卖自杀，作为补偿，我会赠送给你十万日元。我要先交个底。我并不是强迫你去自杀，如果你真能自杀，那再好不过了，但你应该没到要自杀的地步吧？像你说的那样，只有活着的人才会想得到钱。你没必要去死，只要看上去死了就可以。还不是那种病死或者受伤死亡，必须是自杀。我怎么说也无法解释清楚。总之，我要说的最重要的一点就是，对 A 而言，你的自杀才是关键，不论是我还是你，只要让 A 认为你自杀了就足够了。所以你没有必要去死，只需制造出自杀的假象。——如何？这样就可以商量了吧？你可以找个地方藏起来。你只要做到这点，剩下的工作交给我来处理。我会向 A 报告说已经把你杀掉了，但尸体被我给秘密处理了。因为害怕尸体被发现后证明是他杀，所以绝对不能让尸体出现，然后再巧妙地制造你自杀的假象。现在的问题是，这件事要尽快执行，最迟也要在这三四天内实施。"

我不禁"嗯"了一声。这个想法真不错。原来是这么回事，既然都想到这里了，那就听他安排呗。既能从 A 那里得到酬金，又不用真的杀人，而且不用担心被警察追捕。只不过我该如何是好呢？如果拿了这十万块，就不能再出现在这个社会上了。

"你意下如何？应该对此事有所了解了吧？还有什么在意的地方吗？"

这个家伙虽然年轻，语气却犹如上岁数的商人，看神情像是要讨好我。

"嗯，有趣是真的有趣。我还从没听说过有人会买自杀。只不过，要是我从这个世界上消失了，那不等同于我死了吗？"

"嗯，确实如此。不过，依在下愚见，你不用在底下潜伏太长时间。差不多两年，不，可能只需一年。在这一年里，只需让世人认为你已经自杀了。"

"那一年之后呢？"

"你就是自由人了。你可以对外说自己没有死，一直活着，可以随时随地出现在世人面前。不，不仅仅是在世人面前，在 A 的面前出现应该也没什么问题。我应该也不会被 A 斥责。"

"我还是没弄懂,这究竟是怎么一回事?"

"我前面已经说过,这事不太好说清楚。不过,慎重起见,我还是再解释一下。警察很有可能不会重视此事。这肯定是某种犯罪,只不过警方未必能找到真凶,然后便会将此案置之不理。因此,即便你一年后重新出现,不论引起多大骚动,也不会涉嫌犯罪。警方绝对不会逮捕你。你只需装作什么都不知道的样子,充其量人们会把你的事当成一个笑谈。"

他想得真是面面俱到。

我有些担心,果真能跟预想的一样顺利吗?他似乎察觉到我的心情,于是说道:

"你好好想一下。你不过是隐匿一年,除此之外什么事都不用做。布置自杀的假象则由我来做,你只要装作什么都不知道就行。你也没必要逃到中国或者苏联。前往四国或者九州的某个乡下,改个名字在那里居住即可。即使你到时候回到东京,只要笑着说'什么?自杀?这种事太滑稽了吧',就没有人会指责你。毕竟你并非是做过什么坏事才躲起来的。到时候你可以随便搪塞说'和这个社会打交道太过麻烦,想自己独处一阵子'之类的话。反正就随便说几句。毕竟孑然一身的你被世人断定为自杀,对这件事本身就要负一定责任。"

听他说这些话时,我有些蠢蠢欲动,在内心深处暗想:原来如此，这主意确实不错。

这家伙之后又继续絮叨了二三十分钟。

为了说服我，他可谓火力全开，只不过还是用那种执拗的口吻说话。关于自杀的这笔买卖，他考虑到各种可能性，除了躲起来，不会给我带来任何麻烦。

最后，在起身准备离开时，他再三叮嘱道：

"那么，今晚我先告辞，希望明晚能听到回复。因为时间紧迫，所以只能这样麻烦您。如果您能同意，我立即给钱。不知您意下如何？"

这次在这家温泉旅馆见面真是不错的选择。我看了眼手表，等待雪子的到来。当我仰面躺在榻榻米上的时候，竟然不假思索地说出这么一句话：

"静待良机即可。我果然还是那么走运。"

交易成功

一

我也只能认为是自己走运。

以自杀失败作为契机，先是找到工作，变成半个正经人，接着是自己的自杀被说价值十万元。

这些事听上去很荒唐，但绝非谎言，只要我答应下来，就能立刻给我十万元。我还不用真的去死，天底下再也没有比这更好的买卖了。钱到手后该怎么花呢？眼看就要入秋了，做几件气派的衣服应该不错。要是一下子拿五万元出来，雪子一定会很开心吧。不，等一下，还是不要给五万元，给三万元就好。山仓走后，我一直在想这些无聊的事。

房间的天花板上铺满了三合板。

我仰面看着天花板，在我正对面的地方有一块雨水留下的斑痕，看上去像蜻蜓或是其他什么东西的影子，不过又像是哪里的地图。

"对啊，那个家伙让我前往四国或者九州的乡下。"

我自然而然地想到这件事，接着，一个稳妥的想法首次从脑海中涌现出来，可就在这个时候，女店员带着雪子进来了。

"怎样？是不是很快？遇上一个非常好的工作。由于客人着急走，让我简单处理一下……"

雪子的妆容化得比平常还要仔细，但她还是带着毛巾和香皂，装作是过来泡澡的。

我们按照惯例相拥热吻。

接着，我用手褪去她的衣服，亲吻着她赤裸的肩膀、胸部，以及其他地方，这当然也是我们之间的惯例。

"不要！那里不行，不可以……啊，你……"

雪子痛苦地叫喊着，我对她爱抚了一阵，然后故意不脱衣服地一屁股坐在地上。

"我有事想问你。"

我很严肃地点了根烟。

"你的样子好奇怪，什么事啊？"

"记得你之前好像说过，福岛县温泉町的一家美容院要便宜转让？"

"嗯，是的。那又怎样？"

"那件事还作数吗？也就是说，在你知道那家店要转让后，它还能盘下来吗？"

"这个怎么说好呢？跟我说这件事的人是五金店的老板娘。她偶尔才会来店里做头发，在那之后我没再问过她。"

"那你火速——用最快速度去找那位老板娘，跟她确认情况。如果可以，最好今晚跟她说清楚。"

"这种事今晚不可能办到，不过我倒是知道那家五金店明天早上会开门。"

"那就最好不过了。你去问问吧，就说有人想接手温泉町的美容院。——话说，这件事应该已经过去很久了。要是在这段时间里，那家店被人盘下，那就没办法谈下去了。算了，反正那个五金店老板娘应该也不知道之后发生过什么事。如果是这样，咱们打电话跟对方进行询问。如今京都跟大阪都可以随时通话，福岛那头说不定也可以。不过也不要紧，你只需在明晚之前给我回复即可。我这边可是非常着急的。"

话说到这里，雪子的双眼开始放光。

她的直觉向来灵，大致已经猜到个大概。我又补充道：

"对方的名字和地址自不必说，具体多少钱，你要好好确认一下。连同产权还有设备一起卖掉，好像说是十八万元吧？如果不是十八万而是十万元，那不说废话，直接买下。即便行不通，我也有我的办法，你说只要对方能够把价格降低，就能多拿到些好处。"

当我说到这里时，雪子的脸上充满感激之情，连声音都颤抖起来。

"知道了。你能为我买下福岛的美容院，我真的好开心。我对你有了新的认识。不，不是你想的那样。其实我以前就清楚你是个内心坚强的人，该出手时就会出手。"

雪子特别开心，我也稍微彰显了一下自身的威严。

"嗯，你说的对。虽说不知道这玩意是否值钱，但还是先试着谈谈看吧。见你如此高兴，即使不想买也得买了。其实我突然遇到一件很有趣的事情，所以才会想到你曾经说过的话。"

说完这段引言，我将山仓由雄的事从头到尾讲了一遍，听到这些的雪子虽说既高兴又激动，但中途却笑出声来。

"怎么？干什么笑话我？你再笑就不买美容院了。"

"不是，不是你想的那样。买卖自杀这种事实在太好笑了。——不过，我觉得这事未免太好了吧？果真能把自杀给卖出去？"

"我认为问题不大。山仓是个不走寻常路的家伙，还有，你可别小瞧我。我一直在观察他，料定他没有撒谎。"

"明天晚上就知道他有没有撒谎了。如果他说的是谎话，我可是会拦住你的。"

"哦，是吗？那你明天晚上也过来一同聊聊吧。如果那个混蛋敢跟我撒谎，他就见不到转天的太阳……啊，不行。你要是在场，那个混蛋怕秘密败露，很有可能会把事情搅黄，所以你还是待在别的房间里比较好。等把这事谈妥，拿到钱后，咱们就要忙了。

他说要在两三天内实行这个计划,所以我要尽快装出从这个世界上消失的样子。或许明晚就会前往福岛。所以你赶紧收拾下身边的东西。你可以大大方方回到店里,不过贩卖自杀的事绝对不能告诉任何人。"

和雪子的商讨就此打住。

雪子还善解人意地跟我说,要是去福岛,可以用自己的存款支付我的路费以及到那里的零花钱。

"别担心。说是要给十万元,但在价钱上我会狠狠敲一笔竹杠。那个家伙说报酬是由A支付的,换句话说,这笔钱其实是杀掉四宫四郎的酬劳。山仓那个家伙可不会这么便宜就答应做这种事。少则五十万,很有可能酬劳在百万之上。我不可能因为这家伙仅仅给了我十万元就配合他的行动,少说也得给我二十万。我就要离开东京了,你最好明天把存款取出来。"

我提醒道。

因为聊了许久,我们这次见面的时间比平常多出一倍。

分别时,我帮她背上背包。

"你这么晚回去,到店里会被骂吗?"

听我如此问道,她回过头说:

"无所谓。就算被骂也没事,毕竟明晚就不在了。正好我也有借口辞职。"

然后她便将两只胳膊搂在我的脖子上，用力地亲了起来。

二

第二次见面——准确说应该是第三次与山仓见面，总算得到令人满意的结果。

一开始我便张口索要五十万的酬劳。

好好想想看，我至少要去陌生的地方生活一年吧？既然如此，保障我在乡下的生活也是理所应当的吧？如今我在盐田社长家的日薪是四百日元，这样算下来，一年就是将近十五万日元。总之我找了这么个理由，跟他说只给十万元实在说不过去。

那家伙冷静地看着我，沉默片刻，将一个古色古香的皮包放在膝盖上，然后从中掏出六十张印有圣德太子[①]的钞票。

"我明白你说的是什么意思。我只能给你这么多。如果觉得不够，那我只好告辞了。"

说完后，他摆出一副按兵不动的样子。我接过这些钱，有了这三十万，便可以跟对方讨价还价买下美容院，而且不需要动用

---

① 译者注：圣德太子是旧款日元上的人物。包含的金额有一百日元的硬币，一千日元、五千日元、一万日元的纸币。

雪子的存款。

"收据就不用给我了。不过我昨晚也说过，希望你能快点出发。可以的话，请今晚从东京出发。我想你应该会用得上，所以买了火车时刻表过来。"

他的准备周到得令人惊讶。看来这个家伙应该不是个混蛋，于是我希望他能替我向盐田社长请辞，至少让我跟那三只爱犬——贝利、克林、妮拉告别吧。可我刚这么一说，这个家伙却说自杀前的请辞是反常的行为，劝我作罢。再三思考下，我只好同意了。

"对了，我想要你身上的一件东西当作遗物。"

"遗物？"

"因为要制造自杀的假象，所以还是留下点东西比较好。你平常用的东西，比方说打火机或者钢笔之类的，反正就是想要一件能日后证明是你所拥有的东西。"

这是非常合理的要求，我思索片刻，决定把鞋子给他。这是从盐田社长那里得来的鞋子，上面还有伤痕。这是一双我穿着就不符合身份的鞋子，不过却很有特征及来历。用这双鞋子当作遗物应该也不会有什么争议。

"我曾经去伊豆自杀过。"

"这事我知道。"

"那个时候我脱下木屐,光着脚。我在脚上绑了块石头。看这样行吗?你可以跟那个 A 汇报说:'不知为何,那个男人在自杀之际有光着脚的习惯。'"

"这个理由确实很有趣。不过我没有跟 A 汇报说你已经自杀,而是说已将你杀死。所谓的自杀不过是伪装给世人看的。要是说得含糊不清,很容易暴露。"

他目光平静地笑了起来,然后对我说有这双鞋就足够了。

和他的见面,不到一小时便结束了。

隔壁的房间里,雪子一定迫不及待等着山仓的离去。我已经找过五金店的老板娘,她说福岛的美容院还没人接手,如果没有中间人,转让的价格最多应该能便宜一万或者两万。在我呼喊雪子的时候,她突然"砰"的一声冲出房间,一把搂住我的脖子。

"你做得真棒。我已经听到……"

"别搂着我了。三十万,我拿到了。"

"真的吗?太厉害了!"

"那肯定的。不过真是把我给忙死了。当务之急,先给我买双鞋回来。拜托快一点。买短布袜的话,就说要高脚的,要十文七分①大小的。还有,你什么时候回店里?该收拾走人了。火车出

---

① 译者注:十文七分是二十五厘米大小。

发的时间由我来决定。在那之前,我要去黑田那里一趟。必须拿点'药'走才行。不行,现在不是去的时候。算了,不要了!"

我无情地推开雪子,立刻为出发的事做准备。

本想选特急列车,但无论如何都赶不上了。

还有,我最后还是去了好色的黑田那里,可由于他外出不在,没见到他,我花了三十多分钟才弄清他人在麻将馆。这么做只是因为手头的"药"不剩多少了。

"拜托了哥们,我想尽可能多要点。你能不能帮我弄到手?"

"奇怪啊大哥,我三天前不是刚给过你吗?为什么突然要这么多?"

"理由不能告诉你。不过我手上有钱,拜托你了。"

"就算你拜托我,我这里也没货。松那里或许有,不过这家伙最近被警察盯上了,和他靠太近会触霉头。"

"触霉头我也要去。我一定要花钱买很多货。"

总算把黑田说服了。他所提到的松是柏青哥店的保镖,光是把他从柏青哥店叫出来就用了将近三十分钟。

虽说我并没有多少行李,但我很想回公寓一趟,得把押金要回来。但转念一想,要交的房租正好和押金差不多。于是我没有去公寓,直接坐出租车前往上野车站。

距离火车出发还剩十五分钟,雪子一直在焦急地等着我。

因为不想引人注目,所以买的是三等车票。

雪子说她准备了饭团,可当我们好不容易坐到遥远的座位上,心想这一切还不错时,我被吓了一大跳。

山仓由雄正悠闲地站在站台上。

我压根没有跟他说我要前往福岛,也没有跟他说要坐这趟火车。正当我想避而远之的时候,我们的视线交汇在一起,他的眼神像是让我下车。当我准备下车时,那个家伙走上火车,将我推进卫生间。

"您要出发了啊。感谢您能够遵守承诺。"

"你是在怀疑我吗?"

"你只要遵守承诺就好,毕竟已经把钱给你了。我其实一直盯着美容院那头。"

这家伙知晓一切,而且是跟在雪子屁股后面来到上野车站的。

"不是你想的那样。我也有可能被 A 监视,所以必须小心行事。我可不想让别人知道在这里和你见面。我要提前跟你打声招呼,你大概明天晚上会死。"

"你不要说得这么瘆人。也就是说,明天晚上我就自杀了吧?记住了。明天是八月二日吧?"

"没错。八月二日晚上之后,你会被抹杀掉。不用我说你也清楚,一定要守住所有的秘密。也请你跟尊夫人好好说一下。"

"知道了。用我说我们要去哪里吗？是福岛县。"

"好的，我记住了。还有，虽说不是什么重要的事，但咱们彼此之间的事情最好能够忘记。这样我也无须再见到你。"

随你便。

实际上，就算你想再见面，我也不愿见到你。

此时，发车的铃声响起。

我逃离了东京。

雪子美容院

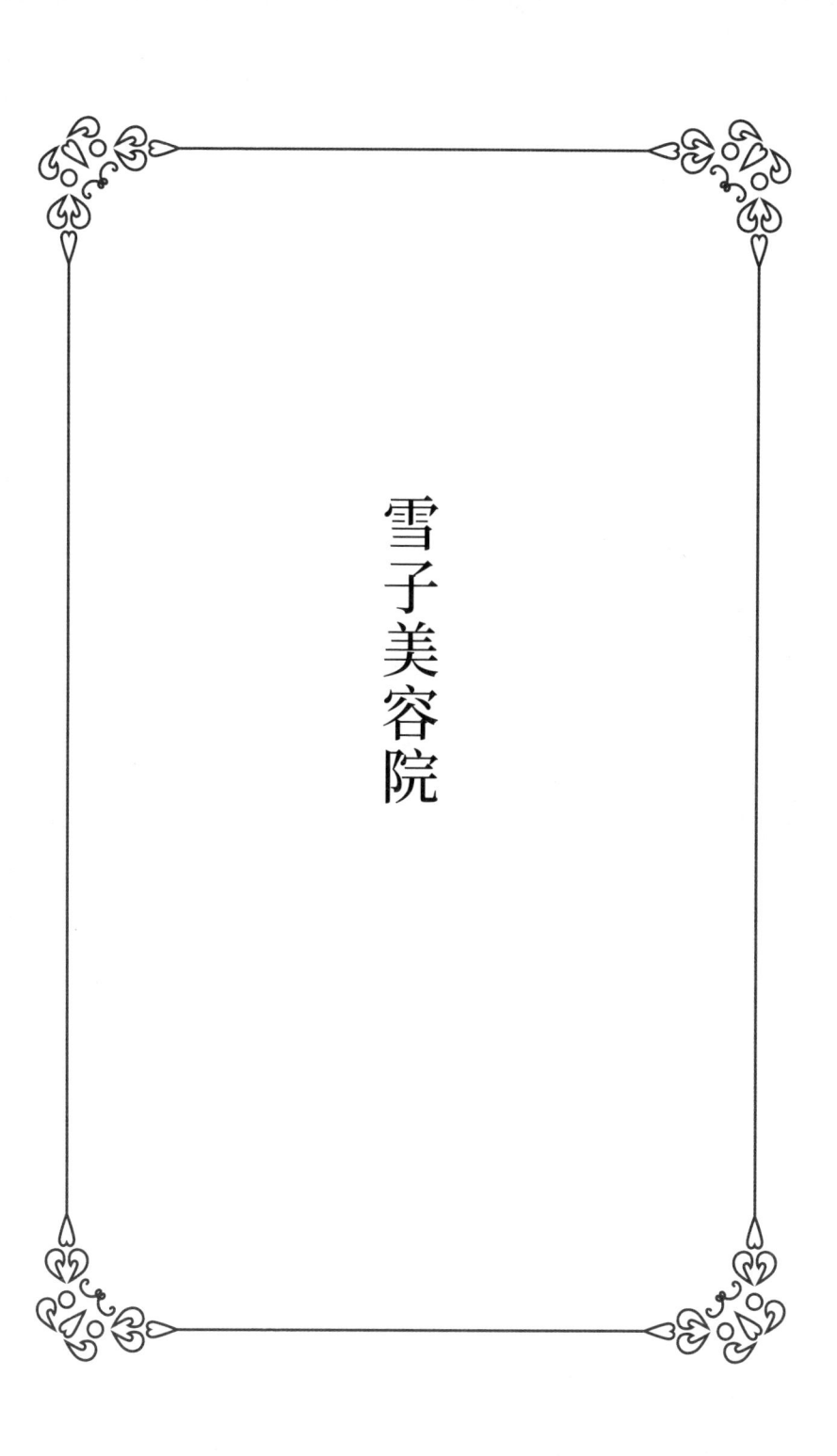

一

从会津若松①出发,乘坐公交车用了一个小时时间。

温泉町是个四面环山的小地方。

为了方便,姑且用假名将这里称为"井泽"吧,这里便是我和雪子的落脚之处。

然而等我们前去一看,我的天啊!

这里也太乡下了吧。

这里只有三家旅馆、两家艺妓馆。另外还有小酒馆和柏青哥店,以及贩卖当地名产羊羹、人形木偶等土特产的商店。据说旅馆屋顶在安装霓虹灯的时候,附近村子的大叔们还特意前来围观,所以当地文化程度如何,可想而知。

指望在这里开成美容院,可以说是难于上青天。

在贩卖酒水、食盐、肥料、榻榻米等各种商品的杂货铺旁,就是我们要找的店,看上去应该是借用某农家的房子改装而成的,店里的两台吹风机还算能用,美发用的桌子已经掉漆而且摇摇晃

---

① 译者注:会津若松市位于福岛县西部,是会津地区的中心城市。

晃，镜子照出来的人脸还是歪的。此刻午后的阳光照进店里，大个儿苍蝇在倒挂的光秃秃的电灯下，嗡嗡地团团乱转。看到这里我才明白，就算把这里的一切打包出售，也不可能找到买主，于是我与雪子四目相对。

"原来如此，真是家漂亮的店铺啊。养了不少苍蝇嘛。一看就不值十八万，如何，你说十三万能搞定吗？"

由于一直没有谈妥，最后双方以十四万四千这个带零头的价格妥协下来，也算是成功了吧。

买到手后我们说道：

"真是气人。没想到是如此一家不起眼的店。"

"没错。荒凉得我快要哭出来了。"

"不过稍微收拾一下，挂个窗帘，重新刷漆，就能变成一家稍微不错的店。如果一天能来五个客人，我想咱们的生活能变得很快乐。"

"会这样吗？不过木已成舟，也是没办法的事。咱们还是努力去做吧。或许过不了多久，那些农村大妈就会过来烫头了。"

我们相互鼓励着。

我在火车上想了许久自己的新名字，决定叫宫入三郎。

"宫入"是当发生杀人事件，警方无法破获，陷入迷宫时所使用的词汇。虽说基于我的立场不能明目张胆地说出来，不过至少我虚报姓名是无罪的吧。正因为我觉得"宫入"这个名字很有特色,所以便取了这个姓氏。现在让我犯难的是,想经营店铺需要政府的许可证,我都没想过这种事。我也想到一个办法,像上次向村越科长提交履历书一样,将伪造的户籍拿过去,这个方法在这里却没有起到作用。不过最后总算以南川雪子的名义拿到许可证。但这样一来,如果我自杀的事情搞定了,有人问起自杀的四宫四郎的情妇南川雪子的话,只要进行调查就会立刻找到我们的下落,同时还能知道四宫四郎还活着的消息。不过我却不以为然,而且也没什么可担心的。

　　自杀的骗局被揭穿之际,有麻烦的人是山仓由雄,和我没有关系。话说回来,在抵达井泽的那天晚上,我和雪子暂时在旅店里过夜,临睡觉前还一同泡过澡,那时我们说道:

　　"感觉好奇怪啊。现在是八月二日的晚上十一点半。今晚我就要死了,说不定现在已经被杀了。"

　　"讨厌,你不要再说这种话,让人感到不舒服……咱们来到这里后,不论东京那头发生什么事,都不要再想了。毕竟你也没做什么坏事。"

　　"没错。我之前也说过,只要我从东京消失,剩下的全由山仓承担。我说的都是真的。我确实没做过什么坏事,就算骗局暴露也不会受到良心上的谴责。"

"其实我在火车上想过，会不会是为了让你背负什么罪责啊……"

"你这话什么意思？"

"你的反应可真是迟钝。假设有人挪用公司或者其他地方的钱，然后弄成是你干的，而你又自杀了，那么挪用这笔钱的人就能悠闲度日了。"

"确实如此。这种事也不是没有可能发生。不过，要是挪用完公款就死掉，那应该是笔巨款吧？我不过是盐田制药负责打杂的雇员，是没有机会接触这种巨额资金的。要想伪造成是我挪用公款的假象，想必非常困难吧？在我看来，倒不如说是杀了人。"

"杀人？"

"对，杀人。比方说 A 或者山仓将某人给杀了。如果把杀人的罪名安在我身上，而我又自杀了，那么真凶 A 或者山仓那个家伙就算得救了。如此一来，当发现我还活着的时候，我会被认定是杀人凶手遭到逮捕。——不过，即便变成这样我也无所谓。"

"是吗？真没关系吗？"

"警察会对我进行调查。那样的话，我会将贩卖给山仓自杀的事全部说出来。山仓一定会说没见过我这号人。不过那个家伙用过扇子，扇面上有幅画，是柳燕图。然后是他领带的颜色、衣服的款式、旧包的形状，这些我都记得。只要警方将我复述的内容与山仓进行对照，就能证明我说的都是真的，我曾经确实和他见过面。这样山仓说谎的事就会被人发现，我也能立刻撇清关系，到时候再说一个漂亮的借口就行了。"

"也不是担心你，但你做事可比我想象中的还要粗心。由于你之前说要给我买美容院，我才没有多想这些。"

"放心吧。山仓那家伙都说了，只要我待够一年，就算回到东京，大家知道我没有自杀，也不会为难我。如果是杀人案，用不了一年就会被发现。我其实在想其他事。对我而言，今后如何都和我没有关系。我如今的问题只有一个，是美容院能不能顺利开下去。"

我们开始聊起这个话题。

一仔细思考这件事，就多少感到有些不安，心中很是不痛快。或许这也是天性使然吧。可总想这些事便会头疼。算了，管它呢。要是之后再发生些什么，那到时候再说。

转天早上，雪子找旅馆的女服务员要来报纸，专心地读了起来，我则躲在蚊帐中用酒精给注射器进行消毒。

"太好了，没有什么变化。"

我随即问道："什么东西没有变化？"

雪子听到后回答说："你今天早上应该已经死了。我在想报纸上会不会出现你的名字。不论是挪用公款还是杀人，只要发生案件，就算与之相关的人自杀了，也会被报道出来。"

她说完后,我回答道:

"你可真傻,还在意这种事吗?"

"没有,也不是很在意。——山上的景色可真美。"

"那一会儿去散步吧。听说有个地方在养马。"

有如此舒适的生活,没什么好担心的。

转天以及之后的报纸上,都没有出现特别的报道。

我们过起了平安无事的生活。

在此期间,改装完后焕然一新的"雪子美容院"雇用了一个既是学徒又是助手,还能打下手的女孩子。在散发着"本店拥有时尚、漂亮且高雅的美容和烫发,技术、服务以及卫生设施一定会令您满意,欢迎您的前来"的传单中,美容院华丽地开业了。

二

听不懂当地方言。

烫发价格被吐槽太贵。

虽说遇上了这样或者那样多少令人困惑的问题,但好在雪子技术出众,而且通晓人情世故。她先是让隔壁杂货铺的老板娘称心如意，这个老板娘是PTA①的副会长，于是跟PTA的成员们进行宣传，可以说帮了大忙。名声之所以这么高，其实是骗她们说店里使用的是来自法国的香水。总之生意是越来越好。

好笑的是，雪子竟然吃醋了。

因为店里的客人全是女性。

所以雪子丝毫不敢松懈，一直保持着警惕，而且非常讨厌我出现在店里。小镇上大约有十名艺妓，其中一位还是今年春天从东京过来的。据雪子说，这名艺妓可是个美人，神态妖媚，声音动人，是此地最卖座的妓女，每隔一天就会来做一次头发。

"她可是位好顾客，小费给得还多。"

我如此称赞道。

"讨厌。那个人总是在镜子里盯着你那里看。我知道她对你有意思，不过拜托了，请不要和那种人搞外遇。你在东京的赤坂怎么搞都无所谓。听好了，我一说你就立马知道了。她可是从新宿还是吉原的妓院走出来的女人，可谓下流至极。"

雪子随即开始讲起那个女人的坏话。不过，好在一切都进展得非常顺利。

我对自己也进行了最大程度的克制。

---

① 译者注：PTA（Parent Teacher Association），家长教师联合会。这种组织在日本和美国等国家中很常见。

为了不破坏店里的信誉，我伪装得十分乖巧。

由于我什么事都不做，整日游手好闲，担心被别人看不起，把我想成是懒汉，于是对外说：

"我在东京的一家制药公司上班。因为心脏有些不好，医生建议我到空气清新的乡下静养一两年。来到这里，正好买下这家店铺。"

应该没有人会认为我在撒谎吧？

我的假名没有被识破，连身份也没有被识破，总算过上了安稳的日子。不过一直这样老实待着，弄得我全身酸痛，所以想玩的时候会乘坐公交车前往若松，女人只要有雪子一人足矣，我不好饮酒，最大的乐趣是赌博。至于赌博的对手，正所谓同行知门道，内行知内幕，因为当地有的屋①，所以我很快便和地头蛇牵上线。这个男人是个骗子，绝不是什么好人，看着应该不是那种最下等的赌徒。我在他的介绍下，进入到他们的队伍中，我对小赌博并不在意，而且不会感到无聊。

这样过了一个多月，依旧没有发生什么特别的事。如果非要说发生过什么，就是在八月底，店里来了一个叫作阿秋的新人。阿秋原先在福岛的一家美容院工作。按照雪子所说的，她虽说手

---

① 译者注：在古代日本，的屋主要提供赌博等不法生意，曾被日本政府数次禁止，如今已经变成路边摊，贩卖食物或者提供射击之类的游戏，在日本的庆典活动中很常见。

艺不是很好，但具备美容师的水平。店里原先一天接待五位客人就够了，可没想到由于名声在外，一天能来将近二十人。在雪子一个人忙不过来的时候，阿秋来了，今后这家美容院的生意应该会越来越火爆。阿秋的年纪比雪子大，是个皮肤泛黑、不太好看的女人，这样一来，雪子就不用担心我会出轨了。

然而到了九月中旬，我开始犯难了。

这次是毒品的问题。

在好色的黑田的斡旋下，我确实从松那里弄到一些毒品，但分量不足以我用一年。实际上，我原本打算来到这里后再处理此事，如今看来是不成了。我也跟若松的黑道朋友商量过，但他们说最近管得严，没人敢贩卖那玩意儿。不过他们还是将住在福岛的一个曾经因为吸毒被抓的人介绍给我，而且和对方打过招呼，可当我特意赶往福岛时，那人已经金盆洗手，还在一家粗点心店安顿下来。真不像话！

我开始发慌了。

我拼命寻找毒品，但连个屁都没得到。

"我挺不住了，马上就要不行了。"

"不过我却很开心，希望你不要再去买毒品。"

"你不要那么无情。你知道我一旦断掉它会有多痛苦吗？"

"就算再痛苦，只要能够戒掉，毒瘾就会消失。再坚持一下吧，那是你唯一的弱点。能戒掉的话，你将会成为了不起的人。"

"不要再对我说教，我不想听。"

"以前你跟我说过好色的黑田的事。他不就帮一个女人戒掉毒瘾了吗？我也来帮你吧。在这个房间里，把你绑起来……"

"别开玩笑了，我怎么可能忍受得了！再说，我要是因为痛苦而发疯，那可就糟了。要是被人们发现我有毒瘾，店里的信誉就会毁于一旦。"

"没关系的，你不用多想。我只希望你能变得比现在更好。为了你，再怎么辛苦我也愿意去做。至于店里的信誉，我也一定能够挽回。这是我一生的愿望，希望你不要再吸毒。"

雪子非常有诚意。她哭着对我进行劝慰。虽说我很明白雪子的心情，但还是因为气愤打了她。

"你这个白痴！我可是差点就和这个世界说再见的人。我想做什么就会做什么！你这种贞女真令人讨厌！"

"我是贞女吗？"

"不是吗？只考虑自己的感受，不让丈夫做自己想做的事。在我这里可不行。——怎样，要分手吗？"

"我不会和你分手。我喜欢你，就算你打我、骂我都可以，就算说多么难听的话都无所谓。不过，作为交换，你必须把毒品给我戒掉。"

"要是戒不掉呢？你真是啰唆。要是没有药，那只能去死。我本就打算和你永别，结果没有死成。不过现在去死也不迟，那么这次是真的永别了。"

虽然有些丢人，但还是把这话说出口，然后又揍了雪子一顿。

可我再怎么着急，再怎么挣扎，也无法从福岛的深山中弄来毒品。当想明白这点时，便开始给黑田写信，但黑田这个家伙很靠不住。我在他那头没有信誉可言，所以他不会先给我货再等我汇款。如果我先汇款给黑田，他就会把钱挥霍掉而并不给我寄货。那只能当面去找他，除当面财货两清外别无他法。手头的毒品只剩两天的量。我突然对雪子说道：

"喂，我要去趟东京。没事的，不会让山仓知道的。就算给黑田寄信，他也不会给宫入三郎这个人回信。所以我已经用本名给他写过信了，只有他知道我还活着。这种事他会来的。放心，药一到手，我便立刻回来。"

于是我撇下焦虑的雪子，回到逃离的东京。

我的尸体

一

黑田是新宿至中央线一带有势力的黑社会，隶属于大津家族。虽说算不上干部，但因为手上有毒品，手头还算富裕，也有属于自己的房子，表面上还是某家公司的推销员。

我没有忘记和山仓之间的约定。即便回到东京，也尽可能不和熟人见面。我在上野下车换乘国电，在车里我一直低着头，等来到新宿乘坐出租车时，也尽量迅速行事，小心谨慎地不让他人看到我。

已经上午十点，这个家伙居然还关着门睡觉。于是我"咣咣"地敲起门。

"早上好。喂，快起床。是我，是我。"

"吵死了。是谁啊？"

屋里传来他的喊叫声。

"你起来一看就知道是谁。我是乡下过来的，过来取箱子。"

我用只有我们两人才听得懂的暗语说道，又等了一会儿，只见穿着棉质红色条纹睡衣，睡衣上绑着一根绑带的女人邋遢地打开房门。她应该就是戒掉毒瘾的那位吧。虽说并不像黑田说的那样是个美女，但是眼神里充满着可爱。其实以前也见过一次，但和初次见面并没有多少区别。

"是四宫。四宫他来了。"

女人小声说道，就在正要被女人带进屋里时，只穿着内裤的黑田从隔扇探出头。

"欸！你是……你是大哥……吗？声音不太像啊……"

他的眼神就像被原子弹击中一样。

"能起来吗？"

"好的，好的，不过……"

"怎么？你像是被什么给吓到了。好久不见，你还好吗？"

"啊，我……我很好。不过，大哥你……不是已经死……"

"别说蠢话，我没有死。总不能是幽灵过来找你吧？"

我脱下鞋子走进屋里，不过多少也觉得有些不对劲。

四宫四郎已死。但这是山仓由雄和我之间的秘密交易，不记得有在哪里发布过死亡通知。但不论是黑田的神情还是言行，明显是知道我已经死了才能表现出来的震惊。不过我是突然出现在这里的，他会吃惊也是理所当然。但这背后，一定有什么我不知道的事。

黑田的情妇端来一杯不怎么好喝的咖啡。

"我最担心的是药，因为用完了才回到东京。"

"嗯，箱子里有的。按照约定，我本应该把它们运到其他地方，不过既然大哥都亲自来了，我总不能拒绝吧。但这次的价格要贵一些。"

听到他这句话，我才放下心来，于是追问道：

"话说回来，兄弟你好像非常清楚我已经是个死人了。你刚才表现得非常吃惊……"

看黑田的眼神，像是在重新打量着我。

"那不废话吗？不吓一跳才不可思议吧？现在没有人不知道你的死。我们还商量着要不要给大哥你准备葬礼呢。最后我们觉得暂时不给你送行。"

"真是绝情。我人都死了，葬礼都不给办吗？这样一来，我可会变成厉鬼出现在你们面前。"

我觉得很好笑，还笑了，但黑田没有笑。

"这可不是什么绝情的事。取消葬礼，表面上看是对大哥你不尊重。但这也是没有办法的事。因为有人拜托我，权当你失踪了，不要搞出太大动静。"

"这到底是怎么一回事？你说话不要磨叽，是谁拜托你做这种事的？"

"说出来恐怕不好吧。"

"你就说吧，又不会传到当事人的耳朵里。——不，即便你不说，我也差不多知道是谁。拜托你取消葬礼的是不是一个叫作山仓的家伙？"

"山仓……"

我不由得想起那个表情阴沉，购买我自杀的山仓由雄。但黑田很认真地思考片刻后，摇头说道：

"不是，我不认识什么山仓。"

"什么……"

"山仓是谁？"

"只要不是山仓就好，不过是个没什么关系的人。如果不是山仓，那会是谁呢？"

"没关系的，我可以对你说。他是大哥你的熟人，就是盐田制药的人事科长。虽说他没给我名片，但给我看了一眼。他的名字不是山仓。"

"这样啊。人事科长的话，就是村越，村越卯平。"

"对对对，就是村越。那个叫作村越的人事科长过来说，要尽可能对大哥的死保密。他据实跟我讲，说是盐田制药的社长委托他带一笔钱过来。也就是说，是社长命令他这样做的。因为给了钱，所以我便答应了。我们也觉得没有必要把大哥的死弄得太过张扬，最终在商量后，决定将葬礼延后。"

"我还是没弄明白，你说得太快了。人事科长……不，社长他……社长为什么要派人过来呢？最重要的是，不论是社长还是科长，这些大人物居然会知道你的事，不觉得奇怪吗？我从来没有在公司里说过关于你的事情。想必你和他们应该也没有什么特别的来往吧？"

"确实。社长我从没有见过，人事科长那时也是头一次见到。不过，不管怎么说，都是主动过来的。最终还是决定暂时隐瞒此事。对方还说，他并不非要隐瞒这件事，只是那个理由不方便多说。"

黑田突然笑了起来。

我对此事很是在意，便问他那个理由是什么。

"这个嘛，他不能多说。哈哈，哈哈，哈哈……"

他发出令人厌恶的笑声，然后反问我：

"不过，这事也怪。虽然大哥说话吞吞吐吐的，不过我也是一样。自从大哥出现后，我的大脑就一片混乱。我还一直以为大哥你已经死了。你到底去哪了，在做些什么啊？"

二

和山仓的约定依旧深深烙在我的脑海中。我尽可能守住这个秘密，所以无法把全部经过告诉黑田。

我模棱两可地回答说，自己在东北一带的山中，过着悠然自得的生活。

"不过，我也不是白痴。我其实早就知道，自己前往乡下后就会'死掉'，死法还不是病死或者被人杀死，应该是自杀的形式……"

说到这里，黑田点了点头。

"没错，那个人事科长也说你是自杀的。——我当然也不是白痴，但还是接受了这个说法。因为大哥的尸体出现了。"

我插嘴道：

"什么?!"

我大为震惊。

和山仓的约定中并没有这条。

我逃离东京后，山仓应该就去找过 A，报告说为了不让我的尸体出现，已将其处理。

然而，我的尸体出现了。

这跟之前说好的不一样，不应该发生这种蠢事才对。

"好奇怪。"

"什么？"

"没有，那个，我是说我的尸体。我的尸体不是出现了吗？"

"这可是真的。——不过，大哥你还活着。既然大哥还活着，那种事就不应该说是真的了。不过我一直以为那事是真的，不光我这样想，其他人应该都是这样想的吧？除此之外，不可能再联想到其他事。"

我果然还是没搞清楚。

大致可以推测，应该是山仓将最初的计划更改了。不过，他为何要更改计划呢？不，比这更重要的是，既然我没死，那尸体一定是从某处带过来的。那具尸体就是我的尸体。他应该就是这样跟A报告的吧？所以说，那具尸体是谁的呢？

"我想问你一个问题。我的尸体是具怎样的尸体？"

"不要这么说。死掉的人居然会问自己死后的事。"

黑田笑了，然后说道：

"那是具卧轨自杀的尸体。发现地点就在大哥公寓的附近，也就是大塚车站往池袋不远处的地方。尸体的上半身因为被碾轧过，变成大大小小的尸块。脸已经无法识别。就连胸口、胳膊还有手，好像都被碾成碎块。然后报纸就说，发现一名身份不明的年轻男子的尸体。我没有去看过那具尸体。不过即便看到，我也认不出长相，难以说出那具尸体是不是大哥你的。——碾轧那具尸体的不是电车，是货物列车。报纸上写的是，凌晨两点到三点之间，被货物列车碾轧致死。"

"等等，有点奇怪。报纸上有刊登过这件事？"

"有啊，我刚才不还说过吗？"

"话虽如此，但我这边并没有看到。报纸上也注意过，我的情妇一直在看报纸，但并没有刊登过我的事。"

"看的角度不同吧。我可有好好看过报纸。不过，毕竟报纸上刊登的是身份不明的尸体，而且没有写上大哥的名字。——其实在知道这事之前，村越有来过，跟我说大哥你已死。说实话，在他说这些之前，我什么都不知道。被吓到的我随即找来前一天的报纸，然后第一次读到那篇报道。那是一篇很短的报道。那种篇幅就算出现大哥的名字，也会不小心看漏。——还有，会不会是这样？大哥你说自己住在乡下，乡下的报纸怎么会刊登这种事呢？即便是在东京，也不过是这么短的报道。一个身份不明的男子被碾死，怎么可能会大做文章？"

原来如此，我这才恍然大悟。雪子看到的，一定是福岛或者若松发行的地方报纸。如果是这样，那就像黑田说的，这件事不会被刊登报道。

我喝了口已经凉掉的咖啡，又问道：

"话说回来，刚才兄弟你说过，让人事科长过来的人，是盐田老头……也就是社长？你还说过，那个时候给过你钱吧？"

"是的，怎么了？说是给你善后的钱。"

"不是的。关于那笔钱，不论给你多少都无所谓，但他们应该不会给这种钱。听好了，其他的事你就不要对我隐瞒了。咱们也别坏了交情。——你隐瞒为何给钱这件事应该有理由吧？这个理由是什么？"

一听到钱的事，黑田的神情瞬间大变，但随后又换成笑脸。他习惯性地把手放在耳后，"啪啪啪啪"地拍着脖子。

"果然还是瞒不下去了。算了，我还是都说了吧。不过大哥应该会生气吧？"

"白痴，我怎么可能会生气？到底说了什么？"

"就是关于女人的事啦。你和她不是好上了吗？盐田家的大小姐当情妇太浪费了。"

"没有，不可能发生这种事的。"

"真的吗？"

"真的。"

"这……"

看他的神情应该是期待有些落空。这次他换成另一只手，继续拍着脖子。

"实际上，这些都是人事科长说出来的内容。不过他没说你们在一起。按照他的话，大哥之所以会自杀，是因为与社长女儿发生过某种关系。如果自杀的事被公开，关于小姐的流言蜚语就会随之传开，她就很难在这个社会上立足了。加之，那位小姐眼看就要结婚了，万一出了什么差错，婚事便会告吹。所以人事科长想尽可能隐瞒你自杀的事。至于其他的，我也没有多问。剩下的就全凭想象了。说到女人，大哥的速度出人意料地快啊。大哥虽然一早就搞定了那位大小姐，但人家后来还是要结婚了，所以我就在想，你是不是悲从中来，这才跑去自杀的？哈哈，哈哈，哈哈……那个大小姐是个美女吧？既懂得弹琴，又会茶艺，还会法语，和那些婊子肯定不同吧？怎么样？是不是啊？到底是真的还是假的？"

听他的口吻还是在怀疑我，但这更让我摸不着头脑了。

没想到恭子小姐也能和我的自杀骗局扯上关系，更何况这是绝对不可能发生的事情。我对恭子小姐只有尊敬之情，从没想过越雷池一步。这一点我之前就曾说过，如此一来，社长和人事科长又为何会产生这种误解呢？科长对黑田所说的"不想公开自杀的理由"，在他看来，这句话的潜台词确实可以推测为我和恭子小姐之间的关系。但实际上，恭子小姐是清白的，我也是清白的。

我苦口婆心地跟黑田说那些都是误会，还说恭子小姐是个多么了不起的人。

直到最后，我说道：

"你不要再多想了。你要是敢再嚼老婆舌，可别怪我生气了。我说没有，那绝对就是没有。之所以生气，是为了大小姐的名誉。"

见我说完，黑田也开口道：

"是吗？既然大哥都说到这份儿上了，不过，还是很奇怪啊。这样一来，不就驴唇不对马嘴了吗？"

他说的不错，此事确实有悖常理。我需要好好想一下，为什么会出现这种问题。

扇面的画

一

我离开时对黑田说：

"我来这里的事不要对任何人讲。我还会再来的。"

出门后，手表显示的时间是十二点。

"药"总算弄到手了，既然目的达成，那在东京就没什么事可做了，随后只需要去上野车站购买车票，立刻回到雪子身边即可。然而，我并没有立刻这样做，因为我肚子饿了。

本想去新宿填饱肚子，那里我很熟悉，但要是见到以前的朋友，那就坏事了。我都自杀了，而且山仓好不容易做好工作，眼下还是不要让别人看到比较好，对山仓也算是仁至义尽了。我坐上正好前往高田马场的公交车，然后再从高田马场搭乘出租车去池袋。在池袋就不担心轻易见到那帮朋友了。

车站前不远处有一家经济实惠的餐厅。在那里点了带米饭的牛排，可这个牛排让我有些吃不消。

据说是这家店引以为傲的牛排。

但当用刀切开牛排的那一瞬间，暗红色的血汁滚滚涌出。我回想起黑田说过的话——自己的尸体变成大大小小的尸块，顿时感觉像是在用叉子叉自己的肉吃。我本想就此作罢，但因为太好吃了，便全部吃光。

"一坪①五十万怎样？八十坪就是四千万。"

"地主说要六十万。就算现在没卖出去，价格也会逐年上涨，所以就算放着不管，也会跟存钱一样。"

隔壁桌正谈论着土地买卖的大好形势。

我以三十万贩卖自己的自杀，这么一看，就算我不劳而获赚到钱，也只值池袋半坪土地的价格。

各种各样的想法从我脑海中掠过。

变成我尸体的人到底是谁？

那具尸体被碾轧之前，究竟是活的还是死的？

如果还活着，那就成问题了。山仓对我说过，自杀的骗局绝对不会变成跟警察扯上关系的案件，所以叫我不用担心。可实际情况是，不是我本人的尸体代替我的尸体出现。果真如此的话，警察肯定不会坐视不管吧？那是否还要像山仓说的那样装作什么都不知道？

我眼前浮现出山仓那张木讷的脸，以及极度镇静、遇事几乎不会退缩的大无畏神情。

---

① 译者注：坪，日本的面积单位。一坪约等于三点三平方米。

对于自己要做的事，他似乎有着绝对的信心。

可是我想不明白，为什么在我逃离东京后，他要改变计划？或许他会说，改变计划是自己的自由，要是给我带来麻烦，他应该会说"哦，这样吗"，且绝不退缩。不对，现在已经给我带来麻烦了。我并不希望恭子小姐的名誉受到玷污，况且我也不会做出这种事。不过到底是哪里出了差错，让自杀骗局的结果变成这样？还有，到底是谁且出于何等目的，会说出我与恭子小姐之间有着特殊关系呢？

我很清楚自己有着怕麻烦的性格，正因如此，我连活在这个世界上都觉得麻烦，所以在伊豆的悬崖边，才会差点和这个世界说再见。因此，这件事对我而言非常棘手，极其麻烦。在某个地方，一定隐藏着我不知道的秘密。要想把此事想明白，估计既费力又麻烦，更何况我还是个与此案有着千丝万缕联系的人，总不能这种时候撒手不管。

用过午饭，我一只手提着装满毒品的箱子，在池袋的商业街里闲逛。我在百货商店买了副蕾丝手套，准备当作礼物送给雪子，在那之后便无事可做，于是我走进电影院。电影是彩色的西部故事，如果换作平常，我一定会非常感兴趣，但这次却觉得一点也不有趣。

因为这部电影中出现了一个极其粗暴、冒冒失失、一事无成、总是被女人抛弃的半吊子牛仔。

我就没被女人抛弃过。

虽说雪子总是说我粗心大意,实则是在担心我。而我确实是个粗心大意、冒冒失失的人。

我对山仓由雄这人一无所知。其他的也就算了,起码得把住址搞清楚吧。如今想要弄清楚这件事的来龙去脉,最好的捷径就是和山仓见面,然而这条捷径却断了。三十万喜从天降,我因为自杀骗局大赚一笔,高兴得忘乎所以。正因过于高兴,所以没有思考其他事。那个家伙也说了,既然这笔交易已经结束,就没有必要再见面,我也稀里糊涂地赞同这个提议。不过,事态既然发展到了这一步,就有必要和他见上一面,然而目前压根没戏啊。从我的立场出发,让警察出面帮忙也不是不行,只是要从日本九千多万人口中找出山仓由雄,跟中彩票一样困难。

我对自身的鲁莽和愚蠢深恶痛绝,当我气冲冲地走出电影院时,突然想到一件事。

要买包烟。

那家店里有红色电话。

看到电话,我想到:"直接给山仓打电话不就好了?"

烟草店的老板娘有张黑猩猩般的面孔,很不讨喜。不过,无所谓了。我找她借来电话簿查询,然后不由得喊出:"有了!"

叫山仓由雄的人有三个。

第一个名字后面带着括号，里面写有"鲜鱼"，应该是个卖鱼的吧。接下来的没有写职业，第三个写的是山仓医院，后面的括号里写有"由雄"。

从他的打扮来看，不像是个卖鱼的。

然后又觉得医生也不对，于是决定先去找第二个没有写职业的山仓由雄。

那人的地址是大田区的雪谷。

那里离池袋并不近，对我这种人生地不熟的人而言，光是找就费了不少工夫，最后总算来到挂着"山仓由雄"牌子的简陋的二层小楼。

一位秃头的老爷子正摆弄着盆栽。我跟他说想和山仓由雄见面，没想到这是一个令人不省心的老爷子，他直接说"有"就完事了，可非要问"从哪里来的？有什么事吗"，还问我"叫什么名字"。我觉得很麻烦，于是稍微吓唬他道：

"你是听不懂我说的话吗？我叫作四宫四郎。你进里面把我的名字说给他听，他应该记得。"

"你这话什么意思？四宫四郎什么的，我压根就不认识。我就是山仓由雄。你应该也是第一次见我吧？"

说罢，他慢慢抖掉盆栽根部的土。

居然是同姓同名不同人。

我随即脱身离开。这里也暴露出我的冒失，太丢人了。

另外两个山仓由雄分别住在本所和目黑，我花费了不少时间前往这两个相隔甚远的地方，可都不是我要找的山仓由雄。

晚上九点，我失望地来到上野车站。此时的我既想回去找雪子，又不想回去。因为我肚子又饿了。

我在车站前吃了两碗荞麦捞面，在吃的过程中突然想到：

"对了，去见见阿纹吧。阿纹应该很清楚社长家的事。"

二

阿纹是社长家的女佣。

所以只是和她见面倒不是什么难事，但我这种没有跟社长请示就逃走，即便只是谎言，但已经被认定死掉的人，还是不敢明目张胆地去社长家拜访。

那天晚上，我在一家廉价旅馆住下，转天便前往中野，在社长家附近暗中监视。我打算抓住阿纹出门买东西的机会。

我靠在电线杆上，朝社长家大门方向望去。肉店的小伙计骑着自行车，神情奇怪地从我身边经过。说不定连肉店的小伙计都知道我的死讯，所以看到我后才会吓一跳吧？

随后陆续又有两位相识的邻居从此处经过，我每次都要绕到电线杆后面躲起来。我自己都觉得滑稽，简直就像做过什么坏事，遭到通缉一样。

就这样忍了近三十分钟，可阿纹迟迟没有现身。

没有办法，就在我下定决心从常走的小门喊阿纹出来的时候，牵着秋田犬的狗链、穿着围裙的阿纹突然从对面的转角处走了过来。实际上应该是阿纹被狗牵着走。是克林在拖着她走。阿纹拼命拉扯狗链，但狗的力气过大，无法制止，她渐渐地被拉到我这边。克林要比阿纹更快发现我。我走后，一旦司机不在家，便由女佣轮流遛这三只狗。正好今天轮到阿纹遛狗。在回家途中，狗嗅到我的气味。狗没有忘记我，正往我身边靠近。

一见到克林，我便忘了阿纹。

"克林，你还好吗？啊，好了好了……"

克林作为秋田犬，体形有些长，三只狗中，它是最快学会技能的。我抚摸着它的额头和脸颊，克林在高兴的时候会将两只耳朵耷拉到后边，它撒娇般跟我嬉戏，然后舔着我的嘴。

"天啊，不会啊……"阿纹瞪大眼睛望向我，然后继续说道，"你不是四宫先生吗？怎么回事？不会吧，你不是……"

她变得哑口无言。

"我知道,你以为我已经死了吧?"

"这……这这……是的……"

"以后再跟你解释。总之我可不是什么幽灵。能不能跟我去个地方?"

"嗯,好的。不过……"

"狗我来牵着吧。有件事想要问你。我是觉得自己的脸不大好出现在社长家里。"

阿纹很是为难。

不过我没有理她,牵着克林走到前面,像平常带狗散步一样往墓地走去。

"讨厌,你这人真是的……我从没有这样吃惊过。这对我来说太过莫名其妙了。从没有遇到过这种情况。这究竟是怎么一回事?真令人不爽……"

阿纹在路上一直重复同样的话,特别是"不爽"这个词,足足说了二十遍,心情很是不好。我反倒觉得很好笑,但还是忍住了。我的脚很自然地朝着松树下的坟墓走去,这里是我经常偷偷打针的地方。山仓那个家伙曾经说过,只要在这里,他就能从我头顶上扔下石头,轻松杀死我。克林一来到这里就心领神会,很活泼地冲石碑撒尿,然后走到青苔上趴着。这时阿纹说道:

"当我听说你死了的时候吓得不行。——我并不是因为现在看到你才这样说，我当时就觉得有些荒唐。不，应该说听到你的死讯，多少有些奇怪。——你是被电车还是送货列车轧死的。受到碾轧的上半身变得七零八落，据说脸都无法辨认清楚，身边没有留下任何遗物，只有一把扇子掉落在铁轨旁边。连你的脸都辨认不出，又怎么能证明那人就是你，这种事不可疑吗？——但问过之后，我又想那个人一定是你。因为在你尸体的下半身，穿着那双帅气的皮鞋。我帮你擦过那双鞋，所以认识。是你在伊东的别墅，从大小姐那里得到的引以为傲的皮鞋。你就是穿着那双皮鞋卧轨自杀的……"

关于那双鞋的事，我更加清楚。

山仓在策划自杀骗局时说想要我身上的一样东西，我便把皮鞋交给了他。那双皮鞋很漂亮，只是有着三角形的伤痕，所以一眼就能看出那是我的鞋。山仓本想用这双有标记的鞋代替我的尸体——突然——我脑海里想到一件不合理的事。

"等一下……阿纹……你刚才说了句奇怪的话。"

"啊，是吗？什么啊……"

"那个……就是，我的尸体。说'我的尸体'可能有些奇怪，不过，总之，就是那具代替我的尸体。在那具尸体的旁边，没有留下任何遗物，但是掉过一把扇子？"

"嗯，说过。怎么？"

"你知道那是一把怎样的扇子吗?还记得上面的图案吗?是怎样的内容?"

"这就不清楚了。不过,对了,对了!扇轴坏了,展开的扇子卧在碎石路上,满是血迹。上面肯定有图案,只不过没听说过画的是什么图案。"

我回想起山仓在谈论买卖自杀时,在胸前扇动,然后小心翼翼放进衣服口袋里的那把扇子,上面的画是常见的柳燕图。要是现场有一把相同的扇子,那必定是山仓掉下的。即便他巧妙地布置用来代替我的尸体,但并没有做到天衣无缝。因为在现场发现了犯人遗忘的东西。

我的遗书

一

很遗憾，阿纹并不知道扇面上的画是不是柳燕图。这也是没办法的事。

关于扇子的事，我没有再多问。

接下来，阿纹将我自杀后盐田家内部发生的风波都说了出来。一讲到这些事，阿纹就变得相当亢奋，像水龙头一样滔滔不绝，看着甚至有些吓人。她首先对我说的是关于恭子小姐的问题，说她遭到强烈的非议，而且被要求如实说出我与她之间的关系是否属实。

为了对此进行辩解，我甚至流出了汗水。

"不是这样的。我也是在外面才得知发生过这样的误解，听到后也是震惊到不行。我也不清楚这个误解的根源到底在哪里。不过，阿纹你不是最清楚吗？社长的千金是非常出色的人，她绝不可能和我这种小混混儿交往。这种事光是想想，都是对大小姐的亵渎。这件事，请你相信我。"

我十分认真地回答道，阿纹的心情似乎也平静下来。

"你都这么说了，我就相信你是清白的。不，其实我真的从一开始就觉得这里边是不是有什么问题。然而，那时候流言四起，我又不知道那恶毒的流言是从何处而来。既然流言已经出来，就只能如此。老爷和大小姐都非常倒霉。"

"社长很生我气吧？所以我才不敢露面。明明这么关照我，我却给他添麻烦……"

"还是个大麻烦。大小姐这个秋天的婚礼也因此告吹。"

"天啊天啊，是和若森商务定下的婚事吧？"

"没错。好像是对方提出解除婚约，还把流言的事说了出来。"

"这……"

"老爷为了不让流言四起，费了不少功夫。他四处花钱，但还是无济于事。对方也不知道从哪里得知此事，立马就将婚约解除。想必老爷一定很为难吧。好在有他出手，没有让这种不好的流言传到社会上，结果也算说得过去。"

我并没有想过这种事，不过这确实是自杀骗局招致的后果。我不仅对不起社长，也有些对不住阿纹，所以我没有在这里跟她如实相告。要是将贩卖自杀的事说出来，估计她会跟我翻脸。于是我跟她说自己出于某些原因隐居在乡下一个多月，没想到在此期间会发生这种事。有了这个好借口，阿纹也就没有深究。

"至少在我看来，你应该拒绝去乡下。"

"不好意思，是和黑道有关的事。虽然我已经金盆洗手，但在退出前发生过一些纠纷,因为很危险,便火速躲了起来。"

"现在还好吗?"

"差不多没事了,所以才返回东京。"

"你连假都没有请就跑了,却给我们带来麻烦。光是带狗散步就很辛苦。我们还能稍微忍耐一下,至于大小姐那边,你知不知情?"

"不知情。"

"对大小姐而言,她肯定受到很大的打击。你不在时,大小姐不是去北海道了吗?老爷打电话叫大小姐回来,然后两人罕见地争吵起来。就算你的事是毫无根据的谎言,对大小姐也是一种伤害。婚约解除后,大小姐到现在也没有回来过。"

"怎么一回事?"

"也算不上是离家出走,还是当作离家出走吧。听说她找了个男朋友,在一起兜风、跳舞、喝酒。她不再逞强,开始自暴自弃。那个男友是她高中时代的同学,在唱片公司当专属歌手,大小姐现在就住在他家。"

事态变得严重了。

阿纹补充解释道,恭子小姐其实没把解除婚约当回事。她对放贷人之子若森信吉也没那么喜欢。那不过是对方一厢情愿,所以解除婚约对恭子小姐而言没什么好遗憾的。然而她父亲根本不相信这种话。恭子小姐必定是断然否定我们之间的关系，可是她父亲并没有坦然接受这些。结果，受到严厉训斥的女儿气冲冲地离家出走。流言既出，丑闻难除。最终，她被逼上绝境。她本是个了不起的姑娘，可从阿纹的语气不难听出，现在的她开始乱来了。如果让她肆意乱来，放任不管，很有可能变得跟不良少女一样。

阿纹继续说："即便如此，老爷还是非常担心小姐。有个叫作风间的人，他有药学方面的学位，而且相当好学，年近四十，单身，是大学老师，好像还是老爷公司的顾问，时不时会过来陪老爷打网球，不过你并不知道这些。老爷很相信此人，把大小姐的事全告诉给他。风间先生貌似一直在监视着大小姐，我想他用不了多久就能将大小姐带回来。"

仅凭这方面，我也不清楚能否就此安下心来。正如阿纹说的那样，我并不知道风间先生这号人。不过，也并非全然没有头绪。那是我被带往伊东别墅的时候。若森信吉、村越科长以及一个身材魁梧、皮肤黝黑的男人曾穿过别墅的花园。社长跟我说过，另一个男人是研究药物方面的。如此说来，他应该就是风间先生。不过，像他那种研究药物、醉心学术的男人，就算去监视恭子小姐也无济于事。于是我重新开始担心起我所敬爱的恭子小姐。

——"汪汪汪！"克林突然发出恐怖的低吼声。

对面的路上，和尚带着四五个人前来祭拜。

"糟糕，"阿纹说道，"要是被人发现咱们两个待在一起，不晓得会被人说成什么样。还是走吧。你去见老爷，把这事解释清楚就好。我会陪你一同道歉。"

原来如此，这主意确实不错。

"不过，还是再等等。还有许多事需要进行调查，等完事后我再去道歉。还有，和我见面的事不要说给任何人听，拜托。"然后我摸着克林的头，说道："好孩子，你要乖乖听阿纹的话。"

二

我将好色的黑田和阿纹说的话结合起来，浮出水面的部分已然清晰，不过还是有很多不明白的地方。

虽说我是个冒失、粗心大意的人，这种时候也必须不慌不忙地好好思考一番。

那天我和阿纹分开后，由于还有不少时间，我又跑去看了场电影。回到昨晚住过的旅馆时，我想到井泽温泉的雪子，于是给她打去传呼电话。为了不让她担心，我本想说会立即回去，但她却说：

"你在搞什么？为什么不立刻回来？那玩意儿已经到手了吧？到手的话，那就回来吧。人家很担心的。你这个人，一旦离开我的视线范围，就不知道会做出什么事来。你去东京，该不会是因为那里有你的心上人吧？要是这样，这个店我就不管了，我也要去东京。"

她会如此气势汹汹也正常。由于用的是电话，不方便详说，不过我还是把自己的尸体出现的事以及给盐田社长招致巨大麻烦的事说给了她听。

雪子却说道："原来如此。我就说这么容易让你拿到三十万，背后准有什么事。——不过，这事也确实有趣。"

"别胡说，哪里有趣？"

"你的尸体出现，真的是既新奇又刺激。我比较担心的是，你会不会遇到什么危险？"

"你大可放心，不可能发生这种可怕的事。——不过，我有点犹豫，要不要去看看社长。"

"我也觉得你露个脸比较好。毕竟你给人家添了麻烦，况且社长对你不是很好吗？"

"我知道。不过，如果我去了，那我没死还活着的事就会不断公开。我和山仓有过约定，不能暴露。"

"没关系。毕竟是他那边先破坏约定，搞出一具尸体。咱这边不过是做出回应，属于约定以外的事。没什么不好意思的，快去看看吧。你应该跟社长道歉。"

这也难怪，雪子把事情想得太简单了。

"这样啊。嗯，好的。我再想一下。"

说完便挂断电话。

本来我很害怕社长。

经历过父女争吵，他应该会劈头盖脸地臭骂我一顿。我是想道歉，但没有下定决心，所以才会跟雪子商量。

转天，我决定先去见人事科长村越卯平，准备先跟他说明情况，然后再借科长之口向社长道歉，这个顺序应该比较稳妥。

上午，我给盐田制药总部打去电话。一开始是公司的接线员接的电话，并问我："是哪位要找人事科长？"

我瞬间犹豫了。

是该说入宫三郎，还是四宫四郎呢？

不过，一想到可以不再使用假名，而且一见面就能解释清楚，于是我回答说是"四宫四郎"。

科长应该会很震惊吧？但过了好一会儿，他才回话，语气中流露出的怀疑比震惊还要强烈。

"喂喂……我是村越……"

"啊，科长。是我，我是四宫。"

"奇怪，四宫明明……"

"我是四宫四郎。那个，我知道了。你是不是以为我死了？实际上我没有死。关于这事，我有很多话要对科长说。——实际上，我和社长家的阿纹已经见过面了。不过阿纹心里没底，让我过来跟你询问。我现在可以去公司吗？"

科长发出奇怪的声音代替回答。

然后——

"吓死我了！这也太吓人了吧？"

他重复着相同的话。

科长是真的以为我已死，所以才会如此惊讶。据我推测，他当时的震惊程度可能比阿纹还要强烈。电话中能听到他疯狂咽口水的声音。然后，科长用兴奋的声音让我立刻赶往公司。

"不过……现在有些困难。上午要接待很多客人。你的事还是笔糊涂账，生出不少棘手的问题。让你来公司又不太好。况且，我下午又忙……"

科长改口道。结果让我下午三点，前往银座一家叫作玛格丽特的西餐厅。

——我在他指定的时间来到那家西餐厅，店里特意准备好了小包间，这种事也就算了，没想到除村越科长外，就连盐田社长也到了，着实把我吓得不轻。

科长向来就很务实。他在电话里得知我还活着,便火速通知社长,因为我说漏了嘴,所以他把阿纹也给叫出来,事先问清我们前一天都说过些什么。一见到社长的脸,我就忍不住缩紧脖子。然后,社长比科长还早开口道:

"你真不是男人。我的手就像被自家狗咬过一样。我是被村越叫来的,可我并不想见到你的脸。听说你昨天还出现在我家附近,找过女佣阿纹?不管你对她说过什么,你觉得我会相信吗?我受到的打击非常大。没想到你会是这种人……"

社长不由分说地大声斥责道。

我不擅长面对社长。

由于他怒气过大,我只好胆怯地站在原地。

"好了好了,社长,这里请交给我吧。还是先听他把话说清楚吧。"

科长出言止住社长,然后冲我这边投来眼镜发出的光芒。

"你应该也知道社长为何生气吧?不光是社长,就连我也很生气,社长为此还大骂过我。恕我冒昧,现在的问题不在于你是死是活。这听上去会很意外,不过你是死是活对我们来说是无所谓的事情。——听阿纹说,你和社长千金之间好像没有丝毫关系。我和社长都愿意相信。如果真能相信你,社长也会为此而开心。但你又为何要写那种东西呢?关于这件事,你能解释一下吗?"

他无情地说道。

你分明很惊讶我还活着,却说我的生死不是问题。我所在意的关于我那具尸体究竟是谁的事,你丝毫没有说明情况。对此,我只好压着怒火问道:

"真是非常不好意思。我知道给您添麻烦了。我逃离东京后,好像是错过了不少事。不过,您说的话未免有些奇怪吧?我到底写过什么东西?那是什么时候发生的事情?"

科长与社长四目相对。

然后社长开口说:

"真是令人惊讶,你还真能装傻啊。就是那封遗书。"

"什么?"

"那封遗书令我无言以对。如果没有那封遗书就好了。为了守住有关此事的秘密,我尽可能采取措施。村越君也为此事四处奔走。但你却将那封遗书邮寄给若森商务的信吉。"

我对此大为震惊。

我完全不记得有什么遗书。

A的计谋

一

"我并没有写过遗书。"

社长好像没有听到我的回话。他的脸上依旧充满怒火,感觉会说出什么暴躁的话来。相比之下,科长还算冷静,他代替社长说道:

"那封遗书,真是个过分的东西。因为内容过于过分,所以没有留下,直接烧了。不论是谁看到那封遗书,都会知道社长千金与你之间有着特殊关系……说得直白点,就是知道你们有着肉体上的关系。实在太过荒唐。既然是写遗书,没必要写到那种程度吧?可你偏要写:'今秋令爱即将大婚,我心如死灰,唯有一死。反正先前曾死过一次,如今再死,已无憾事……'"

科长态度强硬地斥责道,我则拼命解释说:

"不是的,请不要说这种话。我完全不记得自己写过这些。"

我不得不重复相同的话。

明明是自己没做的事,结果却遭到社长他们训斥,最终像孩子一样哭丧着脸。

"请不要认为我是一个彻头彻尾的坏蛋。我是给大家添了不少麻烦，所以我才会说出自己的名字，并做好挨骂的准备。事到如今，我不会再说自己会去死的那种恶意谎言。能不能请你们相信我一回？"

虽然难以忍受，但我一直忍耐着。经过一番争执后，社长和科长最终总算露出接纳我的表情。然后科长用暧昧的眼神看着我说：

"不过，有个奇怪的地方。——那封遗书我也见过。社长找我处理此事的时候，我就看过了。那确实是你写出来的东西。你的字很漂亮，而且很有特点。我看过你的履历书，所以很清楚这些，一眼就判断出是你写下的遗书。"

"那是有人模仿我的笔迹写出来的。"

"是吗？原来如此，也确实可以这样想……"

"正因为字有特点，所以模仿起来才比较容易吧？"

我一边说着，一边不礼貌地摇着头。疑问解开了。关于与恭子小姐之间的误会，都是那封遗书造成的。怪不得阿纹也觉得不可思议，明明是社长亲手处理的事，要将这件事进行雪藏，没想到若森那头却早早知晓一切。原来有两封遗书，其中一封被寄到若森那边。到底是谁伪造的遗书呢？于是我接着问下一个问题：

"科长，我还有件事想要问你跟社长。"

"什么？"

"你们认不认识一个叫作山仓由雄的男人？"

我用尽全力说道，可不论是社长还是科长，完全没有反应。社长歪着脑袋，轻轻咬着下唇。科长则摆弄着眼镜框边缘，露出狐疑的目光，反问道：

"山仓？不认识。他是谁？"

"是个还很年轻的家伙，面相死气沉沉的，而且那家伙非常要强。"

"不认识。是跟公司有关的男人，还是说……"

"也是。这个家伙从外表上看，像个学校老师……或者可以说，像是政府的工作人员。真是麻烦，我也不清楚他的身份和经历。不过，起码我觉得他不可能是个商人。"

"那么，这个男人怎么了？"

"我可以肯定，就是他伪造的遗书。——只不过，我没想到这个家伙会做出这种事。"

我的内心深处多少还是有些犹豫的，但最终还是下定决心，不再顾忌对山仓的道义。现在谎言已无法隐瞒，要想自证立场，就必须把所有事都说出来。

包间外的走廊里不断传来客人和店员的脚步声。旁边的大包间里应该是在举行派对吧？不知是谁在演讲，时不时还有掌声响起。

我像是有了严重的神经质,一边注意着那些声音,一边把所有的事都说了出来。

首先就是与山仓进行的自杀买卖。

在这笔交易中,我没有丝毫责任,但还是迫不及待地逃离东京。

结果一回到东京,就出现了和恭子小姐有关的不可思议的事件,正因如此,我现在对山仓深恶痛绝。诸如此类——

在我说话期间,社长和科长不是惊讶就是苦笑。

"这就是我要说的内容。我知道自己也有错误。不过,山仓这个家伙真是大混蛋。他没有遵守与我的约定,不仅制作替身尸体,还伪造遗书……"

当我说完这些话时,两人已不再对我露出怀疑的神情。

社长叼着烟,不太顺畅地吐着烟雾。

科长咂了咂嘴,然后等着我,模仿着社长点燃香烟,用恭敬的口吻对社长说:

"不知您意下如何……"

"嗯……"

"事情已然明了。大小姐没有说谎。这里面应该有什么阴谋。"

"是的,你说的不错。"

"大小姐所言非虚。是那个叫作山仓的家伙捏造出令千金的丑闻。换言之，这是为了挑拨社长与若森商务之间关系的阴谋。其目的就是破坏令千金与信吉的婚姻。"

"没错，说得太好了……"

"实际上，有件事我还没有跟社长您汇报。"

"那件事已经知道了。老夫也有所耳闻。前一阵子，他们与谷本之间的婚事谈成了。听说连聘礼都已准备妥当。"

"您说的没错。谷本应该是谋划着与若森商务结盟，然后出资吞并盐田制药。信吉对谷本家的女儿也不是没有兴趣。他们估计就是看中这一点，才想出这些个计谋。山仓这个男人，虽说不知他是哪里冒出来的。不管是谁，应该可以将他视作谷本手底下的人。毕竟谷本这个人是能够策划出这种事的。"

在一旁听着的我，内心又出现新的震惊。

我还是头一次听到谷本这个名字。不过我也不是完全听不懂他们在说什么，因为都是阿纹以前说过的东西。社长很期待恭子小姐与若森信吉结婚，这样就能得到金融街的若森商务的资金援助。听说是盐田制药需要资本才能扩张版图，但又面临着经营方面的困境，为了扭转局面才想到结婚这个策略。可另一方面，有一个叫作谷本的男人企图吞并盐田制药，而这个人一定就是山仓口中Ａ的真实身份。Ａ他，应该是谷本，为了让自己的女儿嫁给若森商务的继承人，于是谋划出让恭子小姐背负污名的计划。他让自己的手下山仓花三十万购买我的自杀——还有，盐田制药是比我想象中还要大的公司，总资产可能有几个亿。所以，要想吞并这家公司，花个五十万或者一百万，都是无关痛痒的小钱。我可真是个白痴，区区三十万就被蒙蔽了双眼，拼命扮演着由那帮家伙操控的傀儡——

二

随后，社长和科长全然不顾忌我在不在场，讨论起当前的处理方法。

即便如此，最终商量的结果却非常谨慎。

因为有我这个证人出现，恭子小姐的污名总算洗清了。不过，既然对方已经联姻，那么与若森商务之间的关系就不可能恢复到以前的样子。如今的问题是，该如何对抗谷本的计谋，如果不谨慎行事就会有危险。首先，如果恭子小姐的事被泄露出去并变成报纸上的素材，那就会成为世人说三道四的谈资，她本人自然不会开心。他们两人一致觉得，此事最好避开警方，先委托有信誉的私人侦探社暗中调查谷本狠毒的计划，然后再考虑接下来的对策。

我对他们的想法不以为然。

山仓弄出我的尸体。

尸体这玩意儿,可不是轻易就能制作或者买来的。

所以说,不管是谁的尸体,这都是很明显的犯罪。告诉警察的话,他们应该会立刻对山仓进行逮捕。一旦山仓被逮捕,这个混蛋的阴谋就会暴露,所以最好的办法还是借助警察的力量。

我说出自己的看法。

社长却士气低落地说:

"确实,这也是个办法。——不过,最好还是能够秘密处理此事。如果事情闹大,公司的内情就会公之于众。老夫不允许这种事发生。老夫的处境也很艰难。谷本是众议院议员,和政界有关系,如果利用政界的力量,老夫就很难与之抗衡。而且还要考虑恭子的事。如果处理不好,老夫肯定又会受到女儿严厉的斥责……"

就连科长也歪着头说:

"就是这样。虽说生气,但切勿急躁。对谷本的秘密调查,我不会交给他人,能做到的我尽量去做。山仓大概率是谷本身边的人。所以当务之急就是把此人调查清楚。正如社长说的那样,谷本老板是相当厉害的人,就算山仓被抓,他也能想出不引火烧身的方法,或许会再搞一出自杀骗局的把戏。反正现在已经落后于他人，既然如此，操之过急也会吃亏。在制订好充分的作战计划、掌握确凿证据之前，一切都要慎重行事。"

没有办法，只好同意他们的想法。

"那个，关于山仓的事，可能还需要跟你联络。你现在住在哪里？"

在科长的询问下，我将自己下榻的上野旅馆的电话号码告诉给他。之后他提醒我，如果今后要更换住所，一定事先告知他。

在我不懈地解释下，勉强算是证明了自己的立场，肩上的担子似乎也减轻不少。从那天起我决定就这样离开社长和科长，可从那之后，我的心情久久不能平静，也不知道自己该做些什么，于是我想到差不多也该回到雪子身边了，可回到久别的东京，我又想看看伙伴们的情况。

"这种事没必要去管。山仓的事不管变得怎样，都让他去死吧。"

本性驱使，我的脚很自然地走到那帮家伙经常聚集的四谷乒乓球俱乐部。

俱乐部的二楼，系公、阿铁、持刀者阿由、偷窥者阿音等人正谈论工作和女人的话题，根据各自的喜好，他们分别在饮酒、吃饭、打牌。

阿铁和阿音看到我的脸后，直接吓得半死。

和好色的黑田一样，他们肯定也认为我已死。

不过，我没有必要跟他们说太多。

"发生了糟糕的事啊。听说在我逃离东京的这段时间里，传出了很不好的传闻。"我若无其事地敷衍道，然后对他们发出邀请，"行了，都别摆着一张臭脸。走不走啊？好久没玩儿，手都痒了，只玩骰子也可以。"

"我还在想最近怎么没遇到冤大头呢。真是太感谢你了。"

"别瞎笑了，冤大头在那边。"

我的心情一下子变得很好，于是立刻玩起花札来来。我很是惊讶，因为头一次遇到这种情况，自己的手气差到不像话。

就在前一阵子，我还那么好运，结果现在输得体无完肤。我手上全是猪①，樱花和和尚都没用，再抽一张是二十点的和尚。哎呀呀，正当我准备凑出株的时候，身为庄家的阿由已经凑出我比不过的九月。这种情况发生了很多次。

只听偷窥者阿音说："怎么回事兄弟？手气真差。"

"嗯，没办法，运气不太好啊。"

"谁让你前些日子手气那么好的。手气不好的时候，就算求神拜佛也没用。还有比这更坏的事吗？"

---

① 译者注：花札来来需要凑出相对应的点数才能获胜。这里的"猪"意为"0"，后面的"和尚"指的其实是"月亮牌"，"株"指的是"9"。"九月"则是这种游戏的特殊牌型。

虽然他如此安慰道，但我怎么也振作不起来。

天快黑的时候，雪子给我的钱几乎见底。然而我觉得这样还远远不够，我输掉手表，就连上衣都给了他们，如此一来，我连坐电车的钱都没了，最终我只好把皮包打开。

"抱歉，已经没钱继续下去，这个可以吗？我带了毒品过来，你们能买下来吗？"

煞费苦心从福岛过来，就是为了把这玩意儿弄到手，可现在已经不是说这种话的时候了。

赢钱的阿铁接受了毒品。这是我从好色的黑田那里买来的，几乎全卖给了他们。虽说被自己的弱点坑惨了，只能以半价出售，但也是没有办法的事。好不容易赎回手表和上衣，但剩下的钱可能连住宿的费用都难以支付。

"这些毒品不是用来卖的，而是自用的吧？你不为难吗？"

持刀者阿由对我说道。

"没事的，很快就会有钱的。我会回来一雪前耻的。"

我不服输地走下乒乓厅的二楼，如此一来，我就无法返回福岛了。

垂头丧气的我本想给雪子打电话，让她先把钱寄过来，可一旦通话时被她问到原因，我就麻烦了。于是我先去拍电报，在准备乘坐国电前往上野的时候，我被气到不行。

偷窥者阿音先前安慰的话没错,不会再有比这更坏的事了,就连山仓的事我都觉得没什么大不了的。

但仔细一想,他可真是个大混蛋。

托他的洪福,我在社长和科长面前低头谢罪,活动范围变得狭小。

我没有立即回旅馆,而是大晚上跑去上野公园。当我百无聊赖走到西乡先生的雕塑面前时,脑海里突然冒出一个想法。

台风之夜

一

我在学生时代，有个叫作坂井的朋友。

坂井是鹿儿岛人，很是崇拜西乡隆盛，曾经还跟我讨论过西乡先生伟大与否。如今，我站在铜像前想到了坂井。

"对啊，要不去见见他？"

我萌生出这种想法。

坂井与我不同，是个很认真的人。听闻他顺利从学校毕业，志愿成为一名新闻记者，后来以记者的身份入职《东洋新报》。身为记者的他或许在满世界乱跑吧？不过去看一看也不会有什么损失。

这么一想，自从输钱之后，那种不悦的心情就好像受到救赎一般。

回到旅馆后，我睡得很香，起床时女服务员来了，说是有井泽打来的电话。因为发电报让雪子寄钱过来，弄得她很是担心。

"真伤脑筋啊。你就跟她说我没有回来……是的，你说从昨晚开始，我就没有回来。"

我决定不接这个电话。要是接了，那就糟了，她肯定会追问为什么要钱。我这也是身不由己,可让她再担心的话就太可怜了。

雪子的电话让我想到可以给东洋新报社打电话,询问坂井在不在。坂井说他现在是文艺部门的记者,中午前后的话,他人在公司。我心里好像有了动力。到了说好的时间,虽说天开始哗啦啦地下雨,但我还是决定出门。

"好久不见,有什么事吗?"

坂井见到我后如此说道。他的样子很开朗,和好色的黑田还有阿纹他们不同,并没有露出惊讶的神情。

如果是这样,就意味着坂井还不知道我自杀的事。明明身在报社,却连这种事情都不知道,我在心里鄙视道:没想到这人竟然是个白痴记者。不,应该不是这样的。记得社长和科长暗中尽可能将此事隐瞒,所以报社应该也不了解相关情况,起码我的自杀骗局并没有被广而告之。一想到这里,我舒心不少。

我立即开口说:

"实际上,我有事想问你这个新闻记者。上个月初,也就是八月二日或者三日,有人在国电大塚车站附近卧轨自杀。这件事你还记得吗?"

坂井歪着头,然后说好像记得有这么一回事,但他记不太清了。

"你还真是靠不住啊。这件事报纸上登过。那是一具脸被碾烂的尸体，而且不知道具体身份。"

"我想不起来了。东京这个地方，几乎每天都有卧轨自杀的人。况且我是文艺部门的。"

"这样啊。那么，社会部门的记者们会知道吗？这里的报纸，应该也刊登过相同的报道吧？我想应该有人见过那具尸体。"

"嗯，有这种可能。去社会部门调查一下或许就能知道。"

"拜托，你帮我去问问吧。我必须知道死掉的那人是谁……不是，那个，如果尸体实在不知道来历，那就没办法了。我还想知道一件事。据说尸体旁掉有一把沾满血的扇子，我很想知道扇子上画了怎样的图案。如果有记者见过碾轧现场，应该也看过扇子上的画吧？"

我小心翼翼地问道。

盐田社长和村越科长都表示不想把这件事弄大。这样一来，如果我特意跑到报社把这件事详细说清楚，肯定又要挨一顿臭骂。

所幸坂井没有注意到别的事。

"没问题。就这点事吗？你稍等我一下。"

他把我留在简陋的接待室后便转身离开，大概等了他三十多分钟。第二次见面时，他看上去很忙的样子，然后站着将经过告诉我。

"查清楚了。"

"麻烦你了。怎么回事?"

"好不容易才联系上负责和警方对接的记者。尸体的身份还不清楚,不过扇子上画的是柳燕图。"

和我推测的一致。我不禁说道:

"这样啊,好的。果然都是他干的……"

在我不小心说漏嘴后,看上去很忙的坂井继续说道:

"我们还聊了一些有趣的事,关于扇子上的画。"

"什么……"

"和警方对接的那位记者对画有一定的鉴赏能力,他本人也经常画画,还会前往展览会之类的地方。那幅柳燕图画得很好,仔细看的话能看出,应该是横田大洋的亲笔画。"

"横田大洋?"

"你不知道吗?他可是位大师,是日本画坛的重要人物。那位记者说,大师的画作竟然掉在自杀尸体旁边,很难让人不在意,所以他到现在还记忆犹新。不过那个时候正好发生其他的杀人事件,所以这件事就这样搁置了。"

我的心怦怦直跳。

我回想起山仓将那把便宜的扇子小心翼翼收进口袋里的样子。

扇子虽说便宜,但上面的画却不便宜,所以才不能马虎行事。

"那先告辞了。我必须去拿稿件才行。"

坂井说着就要把我赶走，我执拗着不肯离去。

"稍微等一下。"

"又怎么了？还有什么事吗？"

"你能帮我联系一下这个叫作横田的大画家吗？你是文艺部的人吧？这样一来，应该能立刻和画家之类的人取得联系。我非常想知道扇子上的柳燕图到底是画给谁的。"

"真是麻烦。你知道这些又有什么用啊？"

"很重要的事。拜托了，就请你稍微打个电话帮我问一下吧。"

"这样啊，也不是做不到。"

"我会感恩戴德的。就算麻烦，你也要帮我。咱们不是老朋友吗？"

或许是我的直觉起作用了吧？无论如何我都想知道这些。坂井不愿辜负我的热心期待，于是勉为其难地帮我打听大画家横田的消息。

不知道是他自己问的，还是拜托编辑部的其他人，很快结果就出来了。

和坂井第三次见面时，他没有走进来，只是站在门口说：

"有结果了，扇子是画给一位叫作山仓的男性神官的。大画家好像是出于同乡之情给他画的。其他的事我没有多问。那咱们以后再见吧。"

他迅速说完，然后便跑下对面的楼梯。

我的内心已非怦怦直跳，而是宛如惊涛骇浪一般。

总算出现了山仓的名字。

不仅了解到他是大画家横田大洋的同乡，还知道了他是个神官。

从他的性格看，做事如此规矩沉稳，确实像个神官，不过这点姑且不提，如今能知道这些就很好了。就差一点，便能死死抓住山仓的狐狸尾巴——

二

盐田社长和村越科长都曾说过，要想和A——也就是谷本议员相对抗，就必须做好充足的作战计划，如果没有掌握实质性的证据，就无法与之较量。

不过，现在有山仓由雄这个证人，只要抓住山仓就够了。想到这里，我的心情就像在自行车竞赛中赢了大冷门一样，变得兴高采烈。

刚从东洋新报社走出来，天气就变得非常坏，街道上下起白色的倾盆大雨。

虽然囊中羞涩，但还是打算乘坐出租车离开。可等了许久，也不见一辆车经过。没有办法，我只好全身湿透地跑到车站，即便如此，我依旧精神焕发地赶往盐田制药。

在科学工业大厦的入口处，我用手指摸着湿漉漉的脑袋，当我准备朝电梯方向走去的时候，发现村越科长正准备乘坐公司的车前往什么地方。

正准备打招呼，对方也看向了我这边。

"你怎么来了？有事吗？"

于是我走到汽车旁边回答说：

"是个大新闻。我知道山仓的事……"

"什么，山仓的事？"

科长惊讶地看着我的脸，过了大约十分钟，不对，应该是更长时间。

"好！咱们车里头聊。我现在有事着急出去。"

他低声说道，然后把我拉进车里。

汽车在暴雨中从虎之门朝国会议事堂方向驶去。

"我要前往议员会馆，那里有谷本的政敌议员。议员已经掌握了谷本的把柄，并约定将此事告诉我。——话说回来，你说知道山仓的事，这又是怎么一回事？"

科长打量着我的眼睛。

我兴奋地把事说了出来。

"所以，咱们接下来就省事多了。只要和那个叫作横田大洋的画家见个面，打听到山仓的住址就行了。也不知道他是哪里的神官。我其实可以去和那位画家老师见面，不过我身份不太好，可能不太好和他见面。这里就交给社长或者科长了，就请你们中的一人去看看吧。"

我充分考虑过自己粗鲁的性格。好不容易努力到这个份儿上，要是前功尽弃，那就得不偿失了。所以，接下来的任务还是让科长他们来做比较稳妥。

科长听完我的解释后，称赞我立了大功。然后他还说，如果能够抓住山仓，给社长添的麻烦就能一笔勾销，我还可以像以前那样在社长家打工。

"没事，就算不被雇用，我也有自己的出路，所以请不用担心。我只是生山仓那家伙的气，而且因为我的轻率，确实给社长添了很大的麻烦。"

"这样啊，我很明白你的心情。好，就由我直接去横田老师那里吧。——不过，还请你务必注意，我还不想让谷本在最后的关头发现我手中的底牌，所以不要跟任何人透露山仓的事。"

"明白，我懂。——不过，你去看过那位画家老师后，请把结果告诉我。"

"那是当然，就这么办。你还住在之前那个地方吗？"

"是的。在这件事解决前，我不打算换地方。"

"那就交给我吧，完事后立刻联系你。"

汽车驶到议员会馆这栋不怎么气派的建筑物前。

车停下来前，我突然想到一个问题：

"我刚才不是说，山仓和那位画家老师是老乡吗？因为同乡的关系，所以才绘制出扇子上的画。只要查清那位画家的出生地，然后暗中调查一下，应该也能打听到山仓的情况。"

科长用和刚才一样低沉的声音回答说：

"嗯，原来如此。这或许也是一种方法。总之，山仓的事就交给我吧，很快就能调查清楚。你这边千万不要盲目行动，等着我联络你即可。之后肯定还有你出场的机会。"

他对我露出完全信赖的眼神，然后大声对司机说：

"这么大的雨，你送这个人去合适的车站吧。"

他不仅称赞我立了大功，还如此信任我，让我感到体面，这让我放轻松不少。

车开到新桥车站。搭乘地铁，坐在我身边的蓝衣女孩的侧脸，简直和雪子一模一样。

隆起的胸部以及肩膀下方的胳膊，从白色的塑料雨衣中露出，不论是肤色还是身形，都令人跃跃欲试。

大概是办公室里的女孩吧？我对这个素未谋面的女子萌生出某种程度上的幻想，然后开始想念起雪子。从井泽出来的时间并不算长，但在这段时间里发生了不少事情，连慢慢回忆雪子的工夫都没有。我很想把她抱在胸前，用尽全身的力气把雪子的脖子、胳膊以及双腿紧紧抱在一起。然而，此时的我不但没了毒品，就连钱也没了。我当然不能就这样回去，我破罐破摔，打算再去趟乒乓球屋的二楼，不管是持刀者、偷窥者、阿铁还是系公，我都要跟他们算一算昨天的总账。不过转念一想，还是应该谨慎行事，于是我若无其事地回到上野的旅馆。

回去时，我对女店员说：

"怎样？有麻烦你的事吗？我不在的时候，有没有电报汇款发过来？"

我如此询问道，但对方说什么都没有。

雪子手中不可能没有富余的钱寄过来，或许她的气还没消，这次和以往不同，她是真急眼了，但我又没有别的办法。旅馆二楼的晾衣台径直出现在我眼前，这简陋的有着六叠榻榻米大小的屋子就是我的房间。走进屋里，我将湿漉漉的衣服扔在榻榻米上，打过一针后，随便躺在地上就睡了起来。

足足睡了有三个小时吧。

等我醒来时，天色已暗。

女店员将晚饭端过来。

"今晚会有台风,广播说从九点开始会很危险。要是台风不上岸,直接去大岛方向就好了。"

原来如此,怪不得雨从刚才就下个没完,连风都起来了。

就算遇上台风,对我而言也不会有什么损失,所以我对此事很淡定,不过,既然如此,我只好一个人待在旅馆的二楼,苦恼着该如何打发时间。要不然还是去看电影吧?就在我考虑前往浅草的时候,房门出乎意料地被人打开了。然后探出头来的是好色的黑田。

老实说,我一开始有些惊讶,随后便是开心。

"哎呀,原来是兄弟你啊。你居然知道我在这里。不过,还是谢谢你。我快无聊死了。"

然后黑田说:

"我有情报网的,所以立刻就能知道大哥你在哪里。"

他和平常一样,依旧用手拍着脖子,然后盘腿坐下来。

雪子登场

一

事后回想起来,那时黑田的样子多少有些反常。

他穿着夏威夷衫,腋下小心翼翼地夹着一件纯黑色的朴素衣服。盘腿坐下后,他将那件上衣竖着对折后又再次对折,悄悄地放在膝盖旁边。

"我全身发冷,好像是要感冒了,所以不能把上衣脱掉。"

他像是在辩解。

那家伙一定很在意那件衣服,一听他这么说,我的眼睛便很自然地看向那件衣服,但并没有注意到有什么异常。他矫揉造作的样子——直接说吧——好色的黑田这家伙的口袋里……其实有把手枪。因为不想让我发现,所以才会如此紧张。

"实际上,我想和你聊一下毒品的事。"

这家伙摆出一副要说大事的样子,眼睛却四处张望,视线停留在玻璃窗那里。窗外是可以通往走廊尽头的晾衣台。风越吹越大,房间里光线明亮的地方,能看到雨水溅起的飞沫。有件洗好的衣服被吹到柱子上,如绳子般缠在上面,估计是忘记收回去的衣服吧。

然而我愣住了。

因为他说毒品已经准备好了,所以我完全没有察觉到他是在撒谎。

"啊,是吗?那真是太好了。——我正好也想再去兄弟你那里一趟。说来也是丢人,昨天我在偷窥者和持刀者他们那里输到一无所有。手气差到不行,当了一回冤大头。"

我说自己在花札来来中不仅毒品被人拿走,现在就连钱都没了,如今正翘首以盼雪子寄钱过来,黑田听完后对我露出同情的表情。

"什么,居然会发生这种事?偷窥者和持刀者真是没有道义的蠢货。赌博怎么能赢病人的药啊?一点规矩都没有。要是我在场就好了,我一定帮你说情。"

说的比唱的还好听。

一问才知道,他这次过来跟我商量的是准备把毒品的原材料弄到手,然后自己动手制造大量毒品。虽说是很危险的工作,但绝对不会被抓到。他说自己想赚钱,但又不想借助大津组的力量,可自己一个人又干不来,所以想找个搭档帮忙。

"怎么样?听说大哥以前是理科大学生,又曾在盐田这家制药公司工作过,这些知识非常有用,所以你最适合跟我搭档了。愿不愿意一起干?"

他这些话说得就跟真的一样。

"还要买各种工具，听说要用来煮盐酸。于是我打算用关东煮店里的那种锅，结果被人嘲笑了。据说那种锅是铜锅，铜会被盐酸腐蚀掉。"

我本想说自己已经金盆洗手，不会再做这种坏事，但毒品也确实让我很操心。一想到这回可以亲手做出来，我就没再花心思识破他的谎言，他的话只听到一半就兴致勃勃地答应了。

"知道了。如果是这样，我就接受了，就算有一点风险也没关系。我随时可以帮兄弟的忙。"

"万分感谢。这样一来，我也放心了。这个活儿如果我这头不早做准备，就担心会被他人抢走，所以才会想拜托大哥，即便是这种台风天我也不怕，一下子就跑了过来。太好了，能来就行。这事终于搞定了。我今晚就过去，把那边的事处理好。"

好色的黑田最后一脸严肃地说道。他和平常大不一样，连女人的事都没有说，就站起身来准备离开。

"那我明天再过来。"

说完这话，他离开我的房间。他和来的时候一样，将那件上衣夹在腋下，并且再次透过窗户看向晾衣台。我依旧没有搞清楚他的眼神里到底隐藏着怎样特殊的含义。

然后过了不到一个小时吧，风雨突然变得猛烈起来。

女店员走进来,粗鲁地给我准备好被褥。现在睡觉为时尚早,可确实又没什么事可做。

我忽然想起旅馆的屋顶上有天线,打算看会儿电视,于是来到旅馆的账台,这个女店员和方才进过我房间的那位有所不同,她极其冷淡地跟我说,电视机出故障了。我多少有些生气。这个粗鲁的女店员长相倒还挺可爱,我本想把她带到二楼,可她却推三阻四,没有办法,只好作罢。我只好将扔在一旁的旧杂志借来,然后拿到房间里。我躺着读起来,很扫兴,一点都不好玩。

没办法,只好选择睡觉。发现没有枕头,于是我站起来打开壁橱,可里面空无一物。

"喊,搞什么啊。"

当我嘟囔着正要回头的时候——啪!传来剧烈的声响。

没错,那是手枪的声音。

从右耳边擦过的第一颗子弹,打在我一只手正准备关上的油漆已经脱落的壁橱隔扇的边上。接下来的第二枪,则射进我左肩旁边的墙壁里。

明明是毫无预告的突然袭击,我居然能够做出如此迅速的反应。

瞬间我就判断出,有人在对我进行射击,而那个人就在我的身后——也就是在窗户附近,又或者是在窗外。更重要的是,房间光线很足，对我非常不利。我迅速跑到电灯处。当然了，我没有时间去关电灯的开关，而是刹那间抓住灯罩和电线，一同从天花板上拽了下来。

由于房间变暗，窗外反而变得更加明亮。

我匍匐爬到墙根，望向窗外的瓢泼大雨。

在和眼睛差不多高的方向，有辆国电驶过。通过那辆列车的车窗，能见到男人与女人的脸庞和头部，他们正悠闲地并排坐在一起。雨水如瀑布般倾泻而下，雨水中还闪烁着不知从什么东西上发出的亮光。在这股光线中，晾衣台浮现在眼前。

"可恶！"

我大叫一声，一跃而起，冲到走廊上，在晾衣台边上的柱子后面，我见到一个黑色的人影。

跑过去后，我发现在晾衣台的入口，大概是为了防止台风吹进来，门被关得特别严。在开门的过程中，我有些惊慌失措，还发出了声响。门在被打开的瞬间，被风吹到乱飞，紧接着，我见到第三发子弹迸出火花，然后便感到一条腿如同被电撕裂般疼痛，不过我并没有因此而害怕。我不顾一切地冲向晾衣台。虽说没有富余时间看清那家伙的脸，但我的手的确曾触碰过那人的后背或是胳膊的某处。令人窝火的是，一件被淋湿的衣服好巧不巧地缠在我那条被击中的腿上，让我难以前行。随后我又挨了一枪，这枪比较靠前，打穿了腹部。子弹没有打在腹部和胸部的正中间算是不幸中的万幸，用一句老掉牙的台词来说就是：还是枪最厉害。

我窝囊地翻滚在地。

没想到从晾衣台上滑下来时，我竟意外地落在坡度较大的屋脊边上，本以为能抓住排水槽，但由于排水槽腐烂得不成样子，最终还是很有"气势"地坠落在下面的小巷里。

从那人的角度来看，我应该已经中弹死了。

小巷是用水泥加固的，我的头重重地砸在地面。

此时我心想，这是哪里来的家伙，心够狠的啊，随后便昏了过去。

二

雨中流动的泥水在水泥地上形成一条河流。

风速应该达到了三十米左右吧。

据说，旅馆里的人们的注意力全都被狂风暴雨所吸引，最开始的枪声，还以为是哪里的汽车爆胎了。

可当他们听到同样的声音接连不断响起后，这才意识到不对劲，于是赶忙跑到发出声响的二楼，在查看屋外情况的时候，发现我已经从晾衣台上摔下来了。差不多就是这个顺序。

所幸我没有死。

也不知道自己是怎么做到的，在没有人帮助的情况下，很快就清醒过来的我从小巷中一直爬到旅馆门口，然后被送往医院。虽说旅馆的人们非常不友善，但见我流血受伤，也并没有将我置之不理。我被送到一家名叫片冈的破旧的外科医院。我是被旅馆的厨师搀扶起来，然后送到这里的。顺便说一句，旅馆好像并没有把这起枪击案告知警方。他们当然不会这样做。这家旅馆在经营方面好像有什么不光彩的地方，如果警察过来详细调查，被拔出萝卜带出泥的话可就麻烦了，所以才会采取这种装死的处理方法。

片冈医院的院长有着一脸凌乱的胡子，他拥有医学博士的头衔，却从早到晚喝着威士忌，是个极其悠闲自在的老头。他看到被抬进来的我身上的伤时，便开始鼓励我：

"搞什么啊，不就是被弄了个蚊子大小的伤口吗？打起精神来，流血没什么可害怕的，很快就能痊愈。"

从他嘴里散发出酒精的臭味。这里好像只有一个助手兼护士，手术结束后，就连助手都拼命地呼吸着空气。

"你很老实嘛。腿上的伤并不要紧。只不过腹部那里，弄不好肠子会破掉，然后腐烂。我只能尽可能不让它裂开，其他的则无法保证。"

他没有把握地说着,然后——

"你胳膊上全是注射过的痕迹,应该是打了什么不好的东西吧?我顺便把你的毒瘾也治一治吧。这边有床位,你暂时先住院吧。"

他擅自做出决定。

这位喝得烂醉的医生,不论是做事还是说话都非常粗暴,但这对我来说反倒是件好事。

那天晚上,我痛苦到抓狂。

那人到底是谁?为什么要这样对付我?虽说不得不考虑这个问题,但我又几乎没有时间来思考它。

毒品断掉后就没有进行注射。即便是手术的过程中,哪怕给我点安眠药也能让我忘掉那种痛苦。但这位喝大的医生并没有给我,最后我只好对他说:

"混蛋老头,给我打针吧,求你了,我会记住你的恩情,快给我吧。——可恶!你不给我吗?我,我知道了!那你就杀掉我吧,杀掉我,杀掉我。快杀掉我!你这个混蛋。喝得烂醉的穷鬼医生……庸医,臭老头……"

我脱口说出这些恶毒的话。

他对我说:"不论你怎么喊叫、挣扎,都无济于事。"不知不觉间，我的手脚和身体已经被绑在床上。左腿的膝盖处有被贯穿的枪伤，这条腿就像被巨石压住一样，就连右腿也几乎无法动弹。能活动的只有脑袋而已。整个晚上我都在痛苦地挣扎，到最后，我除了认为自己是砧板上的鱼，再没有其他想法。

醒来后已是天明，我好像睡了有一会儿。

当我苏醒过来时，喉咙有些干。

"水，给我水！"

怒吼过后，我被吓了一跳。

"老公！我……"

雪子正待在床边看着我的脸。

"我担心你，所以才过来的。我拜托秋子看店。因为不论怎么给你打电话你都不接，弄得我坐立不安。可远水解不了近渴，与其寄钱过去，不如亲自过来看看你的情况。但是，当我今天早上到旅店的时候，却听说你受伤了……太好了。你要是死了，我也会跟着死。真好，真好，真的很开心！医生说你的伤势没什么大问题。所以，你要多保重，很快就能痊愈。医生还说了，毒品也能帮你戒掉。他可真是位好医生，难得的好医生。——你被绑在床上的样子，就跟我之前想象中的一样。这样一来，你就能重新做人了，变成一个正派的人。我甚至都想对让你受伤的人道谢。到底是谁做出了这种事？到东京后，你和谁发生过纠纷？没事，没事的,这件事回头慢慢说。总之,我相当高兴。这样我就能照顾你了。你先好好睡上一觉,剩下的事都交给我。没事的,就交给我吧。医生说过,你的伤是手枪造成的。首先,我要知道开枪的人是谁。被射中的你应该有看到对方的脸吧?你不必隐瞒,先把这件事告诉我。不过在此之前,我先吻你一下吧。"

兴奋的雪子,滔滔不绝地说道。

我不禁流下泪水。

眼泪的味道带有咸味,但却甘甜无比,这种甘甜仿佛渗透到我的心底。我无法用比喻来形容对雪子的愧疚。那个瞬间,我头一次下定决心,我对神明起誓,自己要主动戒掉毒瘾。

这时,那位值得感谢的酒鬼医生进来了。

"你的血液检查结果显示白细胞是九千五,不过不必担心,我已经给你打过氯霉素,现在开始输血吧。"

他将血瓶拿到床边,然后将针插进我的左臂。

点滴装置的玻璃球开始有红色的血滴落下。血液通过橡皮管流进我的体内。

雪子担心地帮我擦着脸上的汗水,此刻我的心情已经平复下来。

"我虽说没看到那人的脸,但我应该知道那人是谁。就是把我弄得四分五裂的那个家伙。"

我突然说道。

"什么？到底是谁？"

"山仓。不是他的话，那应该就是那个家伙委派的手下。山仓的身份很快就要暴露了。所以，他不可能坐视不管。"

我十分确信地断言道。

雪子的探索

一

如果不对雪子加以说明,她应该不清楚为何我能很快推断出山仓的身份吧?

于是我对她说:

"不久前我在电话里不是说过,有人顶替我的尸体了吗?那时你还说既刺激又有趣。"

我先说了句引子,然后将后来发生的所有事——也就是我没写遗书的事、被社长和科长训斥后去东洋新报社调查山仓和画家横田大洋之间关系的过程,还有昨天晚上好色的黑田跑到我这里后,我在晾衣台被人枪击的始末,大致说了一遍。

我说的这些话里头,或许存在一些错误。不过另一方面,我也清楚,自己离事情的真相仅差一步。

——输血后我有些发烧,不过听说这是过敏的症状。护士过来给我注射完一剂抗生素后,过敏症状立刻就消失了。

"他说嗓子很干,可以给他喝水吗?"

雪子问护士,护士则回答说:

"不,还不行。虽说不是什么大手术,但是内脏这才刚刚缝好。待会儿会给他挂个林格氏液。再忍耐一下吧。"

护士说完便走出病房。雪子把从旅馆带来的衣服和行李铺在病床的四周,然后勤快地收拾起来,不一会儿便说:

"我想抽根烟。"

她站起身,从扔在长椅上的手提包中拿出和平牌香烟。

"你也抽一根?"

"我还是不了。"

"是啊,这样比较好。"

她心平气和地说着,然后一边整理着我的枕头,一边露出思考的神情。

"你说的话我已经明白了。之所以会买你的自杀,其实是一种策略,其目的就是解除社长千金的婚约,这一点应该没错。目前还不确定叫作谷本的议员到底是不是那个 A,不过他一定就是那个幕后黑手。所以,面对这样的大坏蛋,社长就得谨慎行事,如同一个懦夫一样,然后伺机准备干掉他。我不觉得这有什么不妥。——不过,我有自己的看法。你要听听看吗?"

"可以,你说吧。"

"其实,你正处于这起事件的正中间,而且被谷本这个家伙的计谋牵着鼻子走。这种时候,人最容易被自己眼前看到的东西所欺骗,反倒是局外人能够更轻易地察觉出隐藏在这背后的东西。

你不觉得这是经常能遇上的事吗?"

"有吗? 我也不清楚是否会经常遇到。不过,总觉得应该有吧。你是怎么想的?"

"我现在还无法总结出来。不过有一件事可以告诉你。好好想一下,你真的以为开枪打你的人就一定是山仓吗?"

"没错,就是那个家伙。如果不是他,就一定是他手下干的。还有什么可想的?"

"你还是再好好思考一下吧。你说过的,在发生枪击事件前,黑田先生曾经来过。关于黑田先生的事情,我也曾听你提及,不过却从没有见过他。这个人到底值得信赖吗?"

"黑田可是把我称为大哥的人。他是黑帮大津组干部小弟的小弟,也就是首领的孙子,是最低等的人。我虽然没拜过大津组的码头,但他在我面前完全抬不起头来。"

"不是的,我没问你地位问题,而是问这个人值不值得信赖。你不是说过,黑田先生冒着大雨突然前来看你吗? 你来东京后应该就一直住在这家旅馆吧? 那你有没有跟他说过你住在这里?"

"没有,那个……是啊,这件事我并没有跟他说过。"

"那么,黑田先生为什么会来旅馆看你呢?"

"这个嘛,我就不清楚了。——那个,对了,我想起来了。他来的时候,我还问过他为什么会知道我在这里。他回答说,我在哪里,他都会立刻知道,还给我带来制作毒品的消息……"

我的大脑一片混乱。

在此之前,我几乎忘记了黑田的事。既然已经下定决心戒掉毒品,那么黑田就没什么用处了。只不过雪子再次提到这件事,令我开始注意到黑田反常的地方。

"因为从没见过黑田先生,所以我应该不会信任此人,就是觉得怪怪的。黑田先生突然来到你的住处,不久后就发生了枪击事件。"

"嗯,是的,没错……"

"既然如此,这事就有必要考虑一下。请你好好想一下。虽然道理上说不出来,但我很怀疑黑田先生。如果我的第六感没错,那不就有趣了吗?黑田先生来你这里的时候,他的态度和言语有什么奇怪的地方吗?"

雪子盯着我的眼睛看,可我却不知道该如何避开她的眼神。

彻底回想起来了。

黑田并没有和往常一样聊女人的事,然后逃也似的就回去了。他曾向四处东张西望,还特别望向晾衣台……

"就是这样,嗯……"

我低声说道。

"什么啊?你在想些什么啊?"

"一个很不得了的事。黑田,没错,就是他。那个家伙,拿着一件上衣过来,还没有穿过。我总觉得那件衣服的口袋里,装着沉甸甸的东西。他将那件上衣小心翼翼地放在膝盖旁边。原来他带枪过来了啊。"

"因为你是个老好人,所以当时才没有注意到吧?"

"没错。经你这么一说,我现在才注意到。——可恶!那家伙从一开始就是过来打探我情况的。然后他假装回去,实则是绕到雨中的晾衣台上。开什么玩笑!我可没理由被他怨恨啊……"

"不管是否符合情理,黑帮那伙人,不都是动不动就闹得四分五裂吗?"

"不是的。你说的也对。可是,那家伙……"

我感到莫名其妙,甚至非常生气,可就在这时候,雪子和我之间的对话被打断了。

酒鬼医生依旧散发着酒精的臭味,身后还跟着一位护士。

护士推着一辆金属制成的小车,小车里的托盘上,放着闪闪发光的手术刀、镊子、纱布、油纸以及满满当当的药瓶。

"医生,我想今天出院。"

我说了句乱来的话。

"可以。如果你想死,立马就让你出院。"

医生说完,就不顾一切地给我处理伤口,然后跟我说左腿的伤已经完全没事了，腹部看上去好像也不会裂开，差不多再过一周就能出院了。

"求求你，请让我早点出院吧。我已经下定决心不再扎针了。真的很对不起，对医生你口出狂言。"

"好好，我知道了。你这么着急出院，是有什么事要做吗？"

"对，出去揍人。"

"哎哟，可真勇敢。"

雪子站在一旁，用眼神示意我不要说多余的话。酒鬼医生笑着在我伤口上涂抹红药水，然后护士用宽宽的腹带将其缠好。

"好吧，你先忍着。只要你能三天不打针，我就把你床上的绑带给解开。接下来就看你怎么想了。如果你内心不坚定，出院的时间就会延迟。"

这时医生对护士命令道，说我右脚上的绑带松了，要绑紧一点。

弄得我是一动也不能动。

虽说很生气，但这次我并不想说医生的坏话。

二

明明下定决心，但我还是渴望毒品，这弄得雪子也很为难。而且又要输血和林格氏液，第一天就这样结束了。因为已经可以往嘴里塞东西，所以我勉强喝了小半杯果汁，而这大概是晚上发生的事吧？尽管如此，我恢复得要比一般人快得多。虽然黑田的事让我很焦急，但我也只有认命，等待出院的那一天。

雪子一整天都寸步不离地专心照顾我。

在此期间，我也讲了些关于案子的事，但不过是将之前讲给雪子的内容再复习一遍。不过，这次是相当详细的交谈，甚至谈到贩卖自杀前的事情。雪子明明很清楚我第一次去找村越科长的事情，但她问的东西都很详细，比如那个时候科长说了些什么，还有他的神情如何之类的。说来也可笑，雪子的行为让我想起了叔母。接着，我对她说，盐田社长虽说是个顽固的老头子，但内心是个好人。到最后，虽然我本来不想说出口，但还是说出了被持刀者阿由和偷窥者阿音拿走毒品的事。

雪子应该是对我说的话思索颇多，但并没有说些什么。

第二天上午，我已没了注射的想法，而且被准许喝些稀粥。

雪子看到强忍着的我，不知道从哪里掏出化妆品并给脸补妆，然后对我说："我出去一下，直到我回医院前，你什么都不要想。"

"好的，你走吧。我知道，再怎么折腾也没有用。话说，你要去哪里？"

"这个嘛，怕你担心，本来不想说的，不过——我要去黑田先生那里。"

"去黑田那里？真厉害啊。你是要替我揍他一顿吗？"

"我可不是过去找茬打架的，只是事先准备一下，确认一下到底是不是黑田开枪打的你。"

"那可不行，万一那家伙手上真有枪……"

"我会出色完成的。还好对方不认识我。只要我装作不认识你的样子前去，就算无法让他坦白交代，我想也定能掌握些什么东西。所以请告诉我黑田先生的地址。"

她看上去很有信心，很难阻止她过去。

除了说出黑田的地址，我想到这家伙有可能不在家，于是将他常去的柏青哥店和麻将俱乐部的地址，还有伙同平时和他有所来往的、关系不错的大津组的人贩卖毒品的事，甚至还有松的事，都说给了雪子听。

"你可听好了，要小心点。虽说黑田那个家伙没什么胆量，可你做事一旦有欠考虑，露出什么马脚，他说不定什么事都能做出来。"

"我知道，就交给我吧。我已经拜托护士了，你可不能为难人家哟。"

然后雪子戴上一顶不知何时买来的可爱的黄色贝雷帽，意气风发地走出病房。

只剩下自己后，我就像泄了气的皮球一样垂头丧气。没多久，我又想起毒品的事，但不论是哭也好还是叫也好，都没有被应允。

前天的台风过后，窗外的天气变得很好。秋日的天空，晴空万里。我看到高楼的屋顶和广告牌。此刻有直升机飞过，大概是在散发传单吧？到了下午，在电车和汽车的噪声中，能隐约听到小号和萨克斯的声音。这附近有夜总会和舞厅，大概是有乐队开始练习了吧？护士走进来，跟我说台风造成的损失非常大，死了不少人。她还夸雪子漂亮，是个性格稳重、善解人意的好太太。女人夸女人，是相当不得了的事情。

"不，其实我让她吃了不少苦。"

我轻描淡写地说道。

到了傍晚，雪子还没回来。

慢慢地，我开始担心起来，但又无济于事，过了晚上九点——

"我回来了……"

雪子走到我的床边，然后盯着我看。她的神情出乎意料地好，手腕上挎着手提包，还捧着盛开着白色和黄色菊花的花束。

"味道很香吧？我看这附近有家花店，便买回来了。这间屋子什么装饰都没有。"

"嗯……"

"你的眼神比我白天出门时还要精神。你没有死乞白赖地求人家给你毒品吧？做得真好。明天我就去拜托医生，让他给你解开绑带。你吃的是什么？还是稀饭吗？"

我并没有因为她回来晚而抱怨。

护士拿来濑户烧的花瓶。

雪子勤快地把菊花插进花瓶，然后坐在椅子上，将一个用纸包好的食品盒放在腿上并打开。

"肚子饿得咕咕直叫。我买了三明治回来，很好吃的。因为没有得到医生的准许，所以不能给你吃。"

"黑田的事，如何了……"

我催促道。她也总算开口回答了我。

"非常成功。我本想慢慢对你说的。"

"太好了。你见到那个家伙了？"

"不是，没见到。不过，我见到他爱人了。"

"这样啊。他爱人就是那个家伙帮忙戒掉毒瘾的女人。这人都说了些什么？"

"那人就是个白痴,简直就像用绳子套在她老公脖子上一样。再等一下,吃完三明治就说给你听。"

随后,她将剩下的三明治吃得一干二净。

第三个人

一

雪子像是在整理思路，沉默了一会儿。

"那我从头说起。你知道我一开始去的哪里吗？其实，我觉得去黑田先生家这个想法不太妥当，所以决定绕一圈后再过去。——你猜猜，我先找谁了？"

她的话让我万分焦急。

"谁啊？松？阿由？还是科长？"

"不对！你的方向错了。我压根就没有见过科长。松那里，我是后来才去的。其实我是有些厚着脸皮去了社长那里。"

"什么……"

"我知道你会惊讶。不过，我想反正总有一天要去和社长见面，所以我就盘算着，现在去见他也不会有什么损失。"

"你的盘算倒是没错。你见到社长了吗？"

"我没有去公司，而是去了社长的府上。我稍微准备了点礼物。我说是四宫的妻子，是为了感谢社长对你的照顾才过来拜访的。对方意外地很客气，还把我带到接待室，弄得我有些不知所措。当我把你中枪的事说出来后，社长相当震惊。"

"他应该不知道我这事。那么社长有说什么吗？"

"并没有说什么特别的话。他就说你遇上这种事，未免有些可怜。然后我跟他说，你马上就要找到山仓的藏身之处了。——那个，还有件事我要先确认一下，你是不是已经把此事告诉给科长了？"

"嗯，我是有说过。在我被枪击之前，科长在前往议员会馆的路上，我在车里跟他说的。我还被他表扬过。"

"然而社长对此并不知情。也就是说，科长虽说表扬过你，可他并没有把这件事放在心上，且一直没有跟社长说过。对吧？"

"是的，可能是这样吧。"

"真是粗心大意。"

"谁啊？"

"你呗。你是不是生病生到头昏了？还是说有什么难以启齿的事……"

如果换作平常，我听到这种话必然不会沉默，只不过雪子这个家伙，虽然嘴上不饶人，脸上却保持着微笑，令人难以对付。

"我突然想起一件事，不过这事等一下再告诉你。"雪子使了个坏，只把话说到一半，然后继续说，"后来又跟盐田社长确认黑田的事情。起初社长应该是顾及颜面，所以才对黑田说不要把你自杀的事说出去。听你说，村越科长不是送钱过去了吗？"

"你说的不错。只不过我不知道具体包了多少钱。"

"钱的事不重要，这里头应该还有其他问题。科长去黑田那里，按你的话说，应该是社长下达的命令吧？如果是这样，那社长应该早就知道你和黑田是朋友吧？我反正是不明白，这么大一个公司的社长，怎么会如此清楚一个低级员工的琐事呢？所以我就问社长，是否知道黑田的事。社长随即露出疑惑的表情，说自己压根不知道黑田，而且保密全权由科长处理，是科长前来说了黑田的事，还说最好给他一笔钱，然后这事就这么去办了。也就是说，认识黑田的不是社长，而是科长。"

我觉得脑袋里好像被蜘蛛网之类的东西缠住了。

明明掌握了什么新的东西，但还是不能彻底看透已经明白的东西的本来面目。

"话说回来，我见过社长才知道，就像你说的那样，他是个出人意料的好人。"

她没有顾及我的感受，突然改变话题。

"虽说相貌令人害怕，但我也觉得他是个好人。我告诉他，你现在人在医院，除疗伤外，为了让你戒掉毒瘾，还对你进行了粗暴的治疗。社长说这是好事，这样做也是为了你好。我准备回去的时候，他介绍了一个叫作风间的人给我。"

"哦……"

"社长只说了名字,他的事我也还记得。听说社长的女儿因为吵架离家出走,之后是风间先生接手了监视大小姐的工作。"

"你记忆力真好,连这种事我都说过吗?"

"因为你跟我说过,所以就记住了。当我走到玄关准备告辞的时候,风间先生就过来了。看样子他一定是过来跟社长汇报大小姐的事情。他看上去很粗鲁,不过却笑眯眯的。"

"他是个学者,在药学方面好像相当厉害。我和他还没说过话。"

"对方对身为本案核心人物的你相当了解。我对他说了同社长说过的一样的话,感谢他照顾你……"

"真是个笨蛋,风间先生怎么可能照顾过我?"

"不过,只有这样说才符合这个社会的规矩。——风间先生给我的感觉是,这个人像个婴儿,然后就维持这个状态长到这么大。你应该也有这种感觉吧?如果你能埋头学习,顺利从学校毕业,说不定也能成为像风间先生一样的学者。不过对你而言,埋头学习是不可能的。你不仅贪玩,而且还懒……"

"别说了,你又在说我坏话,真是烦人。不过比起这些话,黑田的事……"

"对对,是我跑题了,不好意思。"

雪子重新回归主题,她说自己先去了松那里。

她准备暗中进行调查，因为都是贩卖毒品的人，只要稍微确认一下，就能知道黑田想要制作毒品的事到底是不是真的。

我虽然没有开口，但已经知道自己输了。

雪子的做法有条不紊，事无巨细，是我这种马大哈无论如何都做不到的。所以她说我生病到头昏，也是在所难免的。

松断言黑田绝不可能制作毒品。毒贩子之间有个规矩，黑田如果想这么做，就必须先跟松打声招呼。虽说这种事不能摆到明面上，但那个家伙不是非常惜命吗？所以不可能蠢到不跟松打招呼。

"也就是说，制造毒品完全就是个谎言。之所以会撒这个谎，就是为侦查你的情况而找的借口。事已至此，我也差不多该去找黑田了。"

雪子的眼神中带着几分得意。

二

"到那里一看，果然和我想的一样，黑田不在家，是他太太出来的。至于那位太太……"

想到这里，雪子笑了起来。

听说黑田不在家，雪子说很是为难，自己无论如何都要见到黑田先生。他太太似乎以为雪子是黑田的新女人，便开始硬碰硬地说："干什么？你为难个什么劲儿啊？"

"真是好笑，没想到这么吃醋。其实并没有那种事。只是她一看到自己以外的女人出现，就立刻担心起我是不是来找她男人的。"

雪子又开始跑题，她将自己平常吃醋的事忘在脑后，开始说起黑田女人的坏话。然后她说，好在没人认得她的样子，于是她编造出一个巧妙的谎言，说自己是松派来的人——

"这太危险了。只要松和黑田一见面，你的谎言立马就会露馅。"

"这有什么？露馅就露馅。我跟她说，黑田之前跑来谈毒品的事，说打算骗你，我这边正好也想报复你，所以打算跟他好好聊一聊。这次香港那头来了一大批便宜货，虽说可能挣到钱，但是松手头不宽裕，一个人没办法完成，于是打算请黑田过来帮忙。我编造了这样一件事，这样就好往下进展了。"

"嗯，好像是行得通。后来呢？"

"这两口子都很贪心，很快便上钩了。然后那位太太跟我说了件大事。听她说，黑田现在手头有很多钱，不久前还曾见过十万元的钞票……"

"你说不久前，具体是什么时候……"

"就是刮台风的那天傍晚。黑田把那捆钞票拿给太太看。她大概是想炫耀自己男人的财力，才会这样对我说吧。那天晚上，黑田说要外出。因为外面的雨势很大，所以她并不想他出门。黑田出门当然是来找你了。之所以不想让黑田出门，是因为她又开始吃醋了。他们俩好像还为此事吵了起来。这个时候，黑田说：'混蛋，我不是去玩，而是去工作。报酬都已经收下了。'说完就把钱拿出来给她看。我当时恍然大悟。你现在也应该明白了吧？"

"那笔钱，是枪杀我的费用。黑田绝不可能自己想到枪杀我这种事，一定是受了谁的委托……"

"所以，现在的问题就是，委托他的那个人究竟是谁？按你所说的，那个人应该就是山仓吧？"

"没错。不过……"

"我觉得应该把目光转向其他地方。我之前不是说过了吗？我有自己的看法。"

"等等，你说的其他地方是什么地方啊？换句话说，那人不是山仓吗？眼看就要查清山仓的底细，一下子就给我否了？我觉得他给黑田钱，让他帮忙杀我这种事，应该没什么问题吧？"

"不过，一旦查清楚山仓的底细，头疼的就只有他一个人吗？"

"……"

"据你说，有个叫作谷本的议员吧？谷本议员想必也犯难吧？"

"这倒也是。"

"况且，除谷本议员外，或许还有更令人头痛的人存在。你所想出的剧本应该稍作修改。——姑且假设山仓是谷本议员的手下，那么应该还有一个人，在串联着谷本与山仓这条线，你觉得这样的情节如何？我想，在这场电影里，应该还有第三个人存在。如果山仓的事被暴露，那么第三个人也会惹火烧身，所以不可能一声不吭吧？这人知道你去报社调查过山仓与画家横田大洋之间的关系。正因为知道了这件事，所以不能再坐视不管。接下来应该就是给黑田钱，然后把你弄成这个样子，就是这样的顺序。——所以说，第三个人到底是谁呢？你回想一下，你去报社的事都跟谁说过？"

"……"

"还有一点，黑田怎么知道你住在上野？肯定是知道这件事的人告诉他的。那么又会是谁知道你住在那里呢？——你现在应该已经知道了吧？之后我所期待的是说出那人的名字，不过还是等一下再说吧。现在的准备还不够充分，还有许多事情需要调查。其实眼下把黑田抓起来，逼他说出一切，也是一个方法。"

"……"

我一时无法立刻做出回答。随后在我心底的某处，有个东西

"扑通"一声回答我——

第三个人——

没错,肯定有第三个人存在。

我的注意力全都集中在山仓身上,然而近在咫尺的那第三个人我却没有注意到。我已经知道那个人到底是谁了。雪子说她期待我说出那人的名字,可这并不是什么值得期待的事,甚至很可气。我很不甘心被绑在床上。如果真是那家伙,我又该如何是好呢?如此赶尽杀绝,令我咬牙切齿,怒火中烧。

雪子极其冷静地说:

"黑田应该就在不远的地方。这是他太太跟我说的。"

然后我们继续刚才的话题。

"没有人会想错过赚钱的机会。关于毒品的事,那位太太说她会帮忙联系黑田,拜托我别管了。当我问黑田在哪里时,她并没有说出来。但既然会联系,就说明她清楚黑田在哪里。只要监视这位夫人,就一定能抓到黑田。"

"如果我身体还健康……"

"没关系,你先别着急,什么事都没有现在的治疗重要。等出院后,咱们一起行动吧。在此之前,我会安排好一切。我绝不会在你卧床不起的这段时间里做蠢事。其实今天我去完黑田那里后,还去了其他地方。"

雪子说，为了得到黑田的情报，她不仅去了松那里，还鼓起勇气前往黑帮大津组的总部办公室。

"我这么晚回到医院，就是这个原因，但却是无功而返。没人知道黑田去了哪里，他好像没去过那里。"

"应该是逃跑了。毕竟这次动的是枪，应该是怕被发现吧。"

"那怎么办才好呢？这方面我还真没想过。不过要是跟警方联系，应该很快就能抓到他。"

确实如此，不过我立刻想到了社长。

社长的意思是不想让警方介入其中。真要这样，起码也是在最后的紧要关头。我觉得，还是我们自己努力比较好。

"警察其实也靠不住。"

"是吗？为什么？"

"黑社会潜藏在底下，是很难抓到的。没事，算了。反正等我出院后，你看，到那时……"

我望着天花板，闭上眼睛。

然后，山仓和黑田的脸同时出现在眼前，而人事科长村越卯平的脸也清晰地映入眼帘。

私设搜查总部

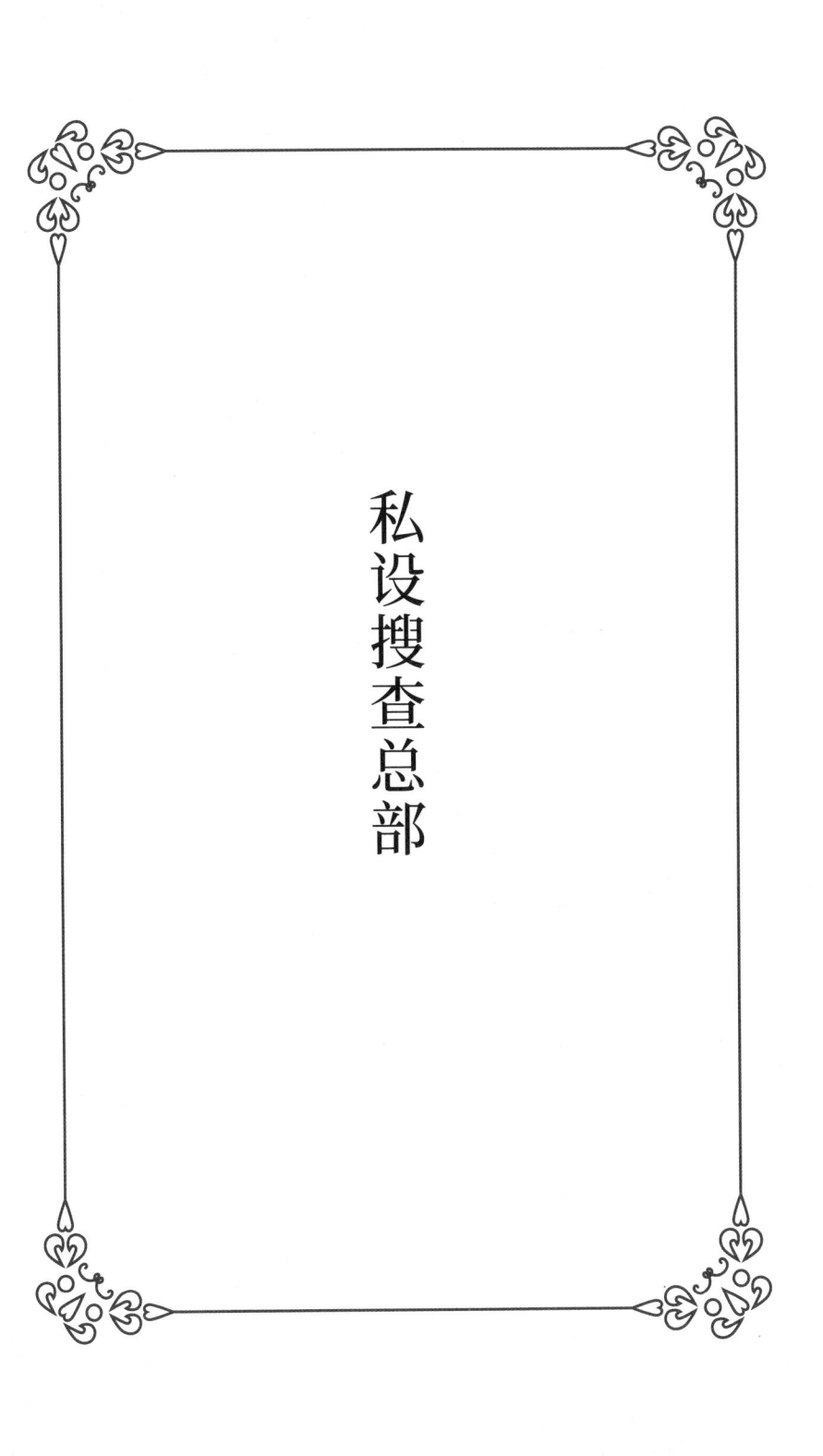

一

入院后第四天的清晨,酒鬼片冈医生夸奖起我来:

"嗯,看来你已经忘掉毒品了。你能忍住真是太了不起了。"

他将绑在床上的绑带解开。

"老公,太好了……"

雪子说完这话后就没有再开口,而是喜极而泣。我也非常感激。

"医生,谢谢您!"

仅仅是躺了几天,没想到伤势比我想象的还要严重。令我惊讶的是,脚和腰变得摇摇晃晃。

我被搀扶起来,为了能走路,我从床上起身下地。

走到窗边,能够看到医院楼下三坪左右的庭院。或许是因为之前自己一直卧病在床,只能看着病房的天花板和墙壁吧,这个狭小的庭院看上去特别好看,就连泥土的颜色都美到令人感慨万千。庭院的角落盛开着不知名的花。不论是花的颜色还是叶子的颜色,都鲜艳得令人目眩神迷。泥土、芳草、石头,我从未如此强烈地感受过大自然的美好。那种美不仅悦目,更是融入到身体之中。我深切体会到：健康真好。与此同时，我也对自己表示不满，觉得麻烦就想要自杀的我，实在是太过鲁莽了。

一开始说要住院一周，不过六天就出院了。听说我的伤恢复得比较快。

这段时间里，雪子每天都会把我留在医院然后自己外出，主要是为了监视黑田的女人。

可听雪子说，事情并不像想象的那么顺利。

"对方也不是泛泛之辈。要是小看对方，那就糟了。我的作战计划是跟踪她的动向，然后找到黑田的藏身处。那第三个人的行动也算在内，可监视归监视，那人绝不会轻易暴露自己的行踪。与其这样，不如直接抓住黑田，从他那里挖出真相会更加方便。但是不行！那位太太没有去黑田那里。附近的药局有红色电话，他们是用电话进行联络的。我很失望。因为她已经知道我的长相了，所以不能走到旁边去偷听。他们应该也已经知道我传达的松的话是骗人的了。如此一来，他们肯定会小心行事。没有办法，我只好收买药局的店员帮忙。那人是个有点呆头呆脑的小鬼，我并没有拜托他太多，只是让他注意那位太太的拨号键，看她拨打的电话号码是多少。即使是这样，还是没有成功。那个小鬼头刚走到对方身边，对方就已经说到'知道了，你要小心'之类的话。不过，用不了多久，咱们一定会有办法的。"

我也清楚雪子为此事费尽心血。

雪子为查清山仓的情况，本想亲自去见一下大画家横田大洋。但听说此人目前正在关西一带旅游，所以在他回到东京前，什么事都做不了。话说回来，住院期间最令我震惊的是，在出院的前一天，恭子小姐和风间先生竟然一同前来探望我。

一看到他们的脸——

"啊，真不好意思，让您二位特意过来……"

雪子改变语气，若无其事地接过果篮。但我并没有像她那样，而是显得相当惶恐。

询问后才知道，原来雪子早就见过恭子小姐，还将我的事非常详细地解释给对方听。

"那时我已将一直期待的第三个人的事全部告诉过二位。如今为了证实我的想法，就必须将那人的名字说出口……"

当雪子说出第三个人的名字时，恭子小姐和风间先生全都大为震惊。

恭子小姐说："四宫先生，既然那封遗书不是你写的，而是他人伪造的东西，那你就不必担心了。我已经没有冲你发火的理由了。更何况，我早就想好了，解除婚约这种事，我从一开始就没有在意过。我原本就不想结婚。只不过那个时候，爸爸他不信任我，还不讲道理。为了惩罚他，我才离家出走的。现在，爸爸真是可怜。——村越先生的事，雪子姐姐已经跟爸爸说过了，想必他的心情相当糟糕。爸爸平常就对人事方面百般挑剔，然而他又将人事方面的工作交给了最不值得信任的人。所以，为了爸爸，我也想竭尽所能。"

风间先生接着说："被自家的狗反咬一口，也是这个世上常有的事。社长真正的敌人还是谷本议员，所以，最终还是要战胜他。但按照顺序，就必须先抓住村越的命脉。在此咱们必须制定对策……"

雪子扭头看向我。

"对我们俩而言，不太适合对付谷本议员。相比之下，还是对付黑田和山仓比较合适。"

我说出自己的看法。

大家说了不少话，最后得出的结论是：在场的四人要同心协力，粉碎谷本一伙的阴谋。

还有就是，我们一致认为必须让盐田社长对村越卯平保持高度警惕。对付村越，我们也要装作什么都不知道的样子，好让他掉以轻心。

最后恭子小姐说："既然决定好了，那接下来呢？我打算最近回到爸爸身边。我现在还住在朋友家。那是一栋高级公寓，有着很漂亮的房间。我们可以在那里集合、商量和碰头，咱们就借用那里吧。没关系，很方便的。我那位朋友已经初露头角，不仅是歌手，还拍电影，他外出工作，几乎不住在家里。所以这段时间，雪子姐和四宫先生可以住在那里。没关系的，朋友那里我会去打招呼的。"

只听风间先生笑着说，这简直就像建立了一个"私人搜查总部"。

谢天谢地，出院后的住处也算有了着落。

我相当愉快，然后想到一件事，于是对雪子说：

"变得有趣了，很快就能看到科长哭鼻子的样子了。关于我那封遗书，科长曾说过：'那确实是你写出来的东西。你的字很有特点。'他可真是个厉害角色。我之前受科长之托，抄写过一本叫作《刑事裁判回想录》的书。现在回想起来，那时科长就已经想好要给我伪造一封遗书了。那是一本古老且无聊的书。之所以让我抄写那本书，就是想把我的字迹留下来，在制作遗书的时候利用一下。"

然后雪子说：

"没错，一定是这样。等那封遗书准备好后，他们按照顺序来买你的自杀。买你自杀的人不是黑田，而是山仓。那么，假遗书应该就是山仓伪造的吧。可惜的是，社长已将那封遗书烧掉了。如果能够留下来，或许会留有山仓的指纹。"雪子露出深邃的神情，然后立即补充道，"我还想确认一下，烧掉遗书的人究竟是社长还是科长？如果是科长说要烧掉，那确实是在担心留有指纹。——那个，记得那封遗书有两份吧？另外一份应该在若森商务手中。如果若森商务那头没有烧毁，那么就可以取回来，调查一下上面有没有指纹。"

雪子不断进行新的推理并有了发现，我对她的才能真是发自内心地敬佩。但是，如果流露出敬佩之情，她就会得意忘形。于是我只说了这么一句："嗯，是的，和我的想法不谋而合。我也表示赞同。"

二

出院时，酒鬼医生叮嘱道：

"听好了，不要再打奇怪的药了。这事只能靠你的意志。你身上的伤不论出现多少次，我都能治好，但剩下的就全靠你自身的意志了。"

护士则吓唬我说：

"你真是个奇迹。医生说，你的身体多少有些天赋异禀。出院后的一段时间里，你不能提重物。其实大部分事你都能去做，只不过你要小心点，腹部的伤口一旦破了，就会出现化脓、伤口粘连、腹膜炎等症状，到时连手术都不管用了。"

我既高兴又感动，险些落泪。由于怕被雪子说样子难看，我慌忙用手背擦拭着眼睛。

在恭子小姐的好意下，我们暂时住进一栋宏伟的七层大楼的六楼，真不愧是高级公寓，相当气派。

自不用说，这栋公寓还有电梯。

房间的内客厅与卧室相连，有浴室、电视和电冰箱。通过窗户和走廊，可以看到芝、品川，以及银座、丸之内和筑地等地段。盐田制药所在的那栋科学工业大厦也能看到，和这里也就有着打声招呼的工夫的距离。

雪子发出感叹。

然后我们便聊了起来。

"真厉害，那些当红歌手的生活都好奢华。"

"我真是羡慕死了。看到这里的景色，我都想哭了。咱们在井泽的店连个屁都不算。虽然我已经拜托过秋子，但等咱们回去后，一定要好好干。然后必须攒钱来东京，开一家厉害的店铺。说不定咱们也能住在这里。"

这里打电话也很方便。

这时恭子小姐打来电话进行汇报。

"我和爸爸把话都已说清楚了。还有遗书的事，我也弄明白了。是村越说要烧掉遗书。因为爸爸认为那封遗书弄脏了他的手，所以立刻同意了村越的提议。他在接待室里，把遗书撕碎，然后用打火机在烟灰缸中点燃烧毁。"

这样还不算掌握证据，但应该可以作为有力的供词吧？为了让村越这个家伙哑口无言，就必须这样把证据一个接一个地积累起来。

——只不过这些证据，并不像去百货公司购买盂兰盆节和年终礼物那样，那么容易凑齐。

即便住进公寓，雪子也不忘盯紧黑田的女人，每天都坚持外出。

我也跟以前的朋友四处打听，想要找出黑田的下落。

在此期间，风间先生也来过，说是能够查清楚谷本议员与村越之间的关系。

"谷本好像买了盐田制药的股票。因为他是个大人物，所以不会在明面上做出有损自身形象的事情。可如果是借助村越之手，就能痛下杀手了。谷本的目的应该是夺取盐田制药，他们之间应该有协定，一旦此事成功，村越就能担任董事。谷本除了购买股票，还想通过与政党之间的关系获取金钱。为了得到这笔钱，甚至不惜让自己的女儿和若森信吉结婚。"

大概是住进公寓的第三天，恭子小姐在电话里说，她和她爸爸打算前往大画家横田大洋那里。如果能见到他，就能打听到山仓的情况。

那位大画家好像旅游回来了。但我们有些担心，就怕雪子和我跟着去的话，这位日本画坛的泰斗不肯相见。不过我依旧觉得这是一个好机会，没想到只过了一天，雪子就两眼冒光地回到公寓。

"药局的那个被我收买的小鬼头总算起作用了。黑田的女人终于在电话里露出马脚了！"

她激动地说着，当被我问及究竟是怎么一回事的时候，雪子说尚且不清楚拨打的电话号码是多少。

但是药局的那个小鬼头这次想到一个好主意。那个女人和往常一样过来打电话，于是小鬼头故意将附近的东西撞倒，一边假装捡东西，一边偷听电话的内容。

由于公交车和出租车接连不断地驶过，再加上黑田女人的声音很小，他并没有听到全部的对话内容。

"不过，那位太太一会儿撒娇，一会儿发火，让电话那头的人早点回家。然后，最重要的是，在电话里出现两次'村越'这个姓氏。她说'那我就要不请自去村越先生那里了'，她说的一定是人事科长村越卯平。"

"好。"

我喊出声音。

"明白了,黑田那个家伙,就藏在村越那里。"

"我也这样认为。你有何打算?"

"决定了,我要去把那个家伙拽出来,然后痛扁一顿!"

"别开玩笑了,要是那样,就前功尽弃了。枉我煞费苦心,为你做了这么多准备工作。再者说了,村越既然已经把黑田藏起来了,怎么可能乖乖交给你呢?"

"是的,说的也是。不过,我还是怒不可遏。——嗯,我想了想,总之,先去科长家看看吧。现在是傍晚,科长应该不在公司,已经回家了吧?我在被枪击前,只见过他一人。我打算装傻,装作什么都没有发现,慢悠悠地走过去,就跟他说我已刺探出黑田的事,其他的还不清楚。这回我是绝对不会再上当了。"

然后雪子说:

"这听上去很有趣,我也赞成!不过,我也跟着一起去吧。你一个人去,我不放心。"

有伤痕的皮鞋

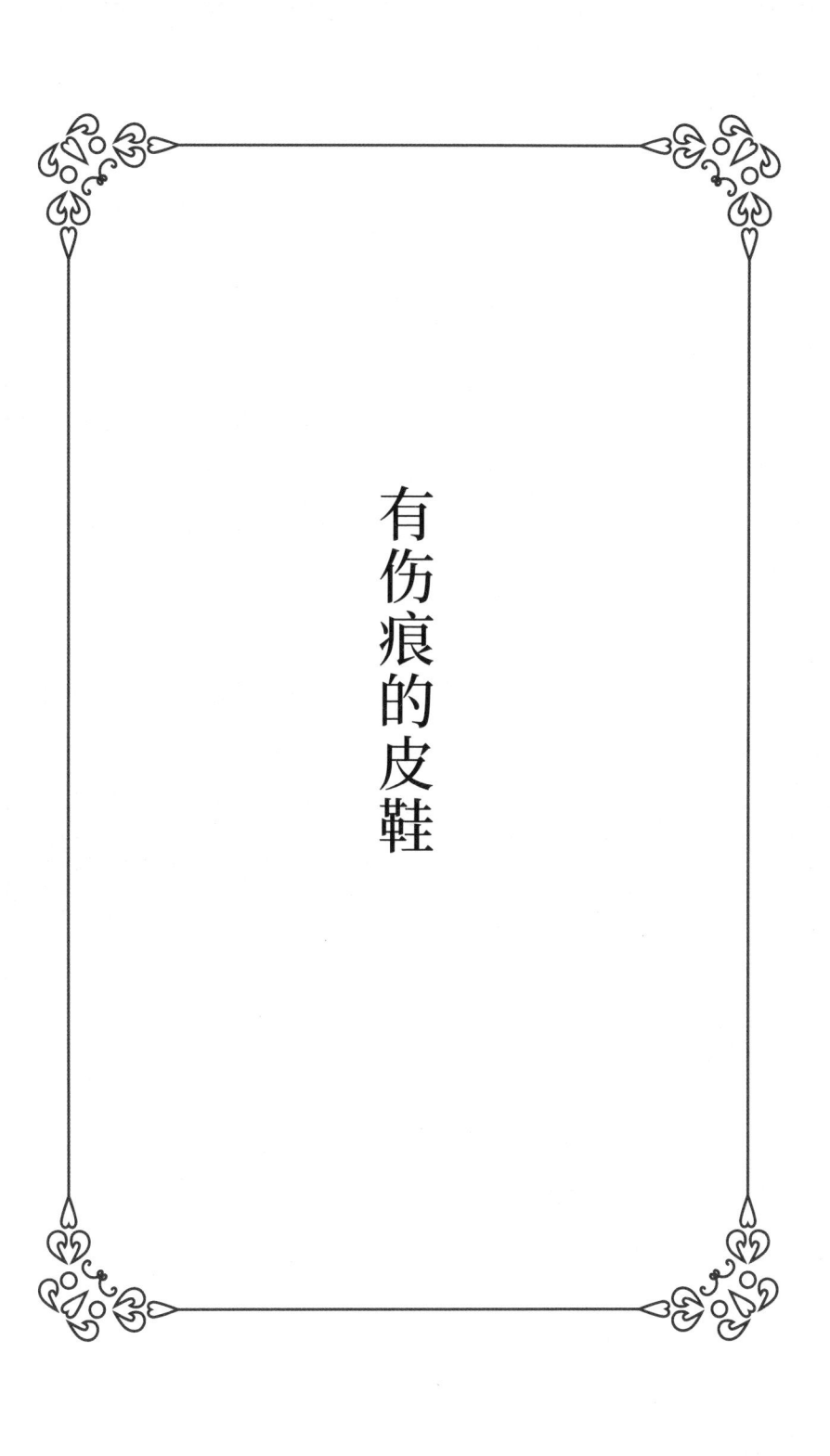

一

按常理说，这个时候我们不请自去，前往村越那里，不会有什么好结果，但从其他角度出发，这种做法未尝不是巨大的成功。

我们要让村越意识到自己快瞒不住了。让他注意到这点并不是什么好事，可一旦那个家伙注意到这点，就会慌张地做出与自身不符的事情。一旦出现这些错误，他就会更快地迎来毁灭。

——我虽然知道村越住在东京市内的巢鸭，但还是头一次去。

过去一看才发现，这里距离我之前住过的，也就是山仓曾拜访过的那个大塚公寓仅一步之遥。令我多少感到有些意外的是，这周围非常安静，没想到市内也会有如此安静的住宅区，而且旁边还有座寺庙。这座寺庙的墓地一直绕到他家的后面。他家是一栋两层小楼，乍一看总觉得相当阴森，如果房租便宜倒还好说，否则谁都不会想住在这里。

村越和预料中的一样，果然待在家里。

我本以为他看到我后会吓得不行，然而他的脸上并没有表露出来。我装作忘记了曾把雪子当作我叔母的事，并将她作为自己的妻子介绍给对方，然后我们被带到玄关处一间很简陋的接待室里。

雪子照例跟对方打招呼：

"承蒙您一直照顾四宫。"

我立刻把在上野旅馆里差点被杀的事告诉他。我很直白地说，开枪的人一定是山仓。

这样说准没问题。

"哦，真是令人震惊，竟然会发生这种事！——嗯，果然还是山仓。他真是个可怕的家伙。我从你那里听完山仓的事后，眼下正全力调查他的下落。然而这是个相当困难的工作，需要相当长的时间。不过，既然你遇到了这种事，为什么没有第一时间前来通知我？我要是知道发生了这种事，肯定会去看望你。好在伤已经好了，这可比什么都要强。"

他客套地回答道。

我紧接着说："实际上我想尽快离开东京，回到福岛的井泽。"为了使他放松警惕，雪子立刻打起配合来。

"是我拜托他这样做的。东京这个地方太费钱了，而且住院的费用也很贵。我想早点回去，努力做生意。"

"原来如此，这也难怪。只是，你不在的话，山仓的事我心里就会很没底。不过我一个人也能应付，你就不必担心了。你真是可怜，不仅被误会，还弄了一身伤。花了不少钱吧？"

厚颜无耻的科长摆出一副要给我送别礼金的样子，看样子现在一切顺利。

"我是想让您了解此事才过来的。不过，怎么办才好呢？是不是还要去社长那边打声招呼？"

"嗯，也是。——社长那边，不去也行。他现在很忙，我可以代为转告。"

"那可就帮大忙了，毕竟社长长得太过吓人。——那个，科长你有没有跟社长说，已经弄清楚山仓的来历了？"

"嗯，那个嘛……那是自然。我第二天就立刻跟社长说了此事。社长很高兴，还夸你很能干。"

其实我知道到底是怎么一回事。可一见他若无其事地在这儿撒谎，我就无法再继续退缩。要是此时发火，就功亏一篑了。可即便如此，我还是变换心情，给他下套道：

"话说回来，科长，我正在想一件有趣的事。"

"什么……"

"我想说的是，可能山仓那家伙……不，有可能不是山仓，而是其他家伙开枪射杀我的。那家伙被追得太紧，又无处可逃，最终只好来到科长家，求你把他藏在家里。不知科长是怎么处理的？遇到这种事，科长也一定很为难吧？"

科长此时的脸色相当难看。

这也难怪，毕竟那个犯人——也就是黑田，我猜就藏在这里。科长听到这话后，眼珠开始乱转，并重新盯着我的脸看。

"等一下，你未免有些奇怪啊。那……那家伙怎么可能会来找我？岂有此理。你到底想说什么啊？"

科长突然翻脸了。

"我没想说其他的东西，只是想说说看罢了。"

我抬起下巴，雪子接过我的话。

"老公，你不能这样说话。你这么说会让科长困惑的。"

她责备起我，并装出一副像是在调解的样子。

"不好意思，这人刚戒毒。毒一戒掉，脑子就变得格外清楚，以前不清楚的事，如今都会变得格外清晰。怎么会有这种事啊？可在我看来，这个人的脑袋反倒像是崩溃了。不知怎么回事，除山仓外，他还觉得黑田有问题，还说什么，黑田的事，到科长那里一问便知。我因为担心，所以也跟了过来。这家伙好像要过来找科长的茬，我不想他这样做，因为他的言谈举止太像流氓了。可我又不知道该做些什么，毕竟科长之前这么照顾他。"

她说的话明明比我还阴。

其实我本想做得更好，让科长完全注意不到，顺便确认黑田到底在不在这里，但我已经在心里意识到科长就是个大混蛋，所以才搞成这样。

有伤痕的皮鞋 | 209

话都说到这个份儿上了，要是科长还没有发现，他就是个十足的大棒槌。此时，现场的气氛突然变得紧张起来。

科长似乎想要说些什么，但那句话怎么也说不出口，只见他脸颊的肌肉不断抽搐着。

再往前一步的话，科长就要和我们发生正面冲突了。雪子对我使了一个眼色，我也觉得现在还是先退场比较好。

雪子突然看了一眼手表。

"哎呀，哎呀，都这个时间了。老公，没时间了。好不容易花这么多钱买到特等二号车的车票，迟到的话可就糟了。"

对我说完这话后，她又跟科长说：

"不好意思，科长。虽说我们就要走了，但还请您忘记这人说的话。其实是他不想回井泽，才说了这么多废话。这个人也真是的……"

然后，雪子小心翼翼地鞠了一躬。

二

离开后，我们聊到：

"真可惜，我胳膊快要按捺不住了。那种家伙，就应该直接上去给他一拳，最好再弄断两三根肋骨。"

"嗯，是的。完全没有查到关于黑田的事。不过，他的确有反应。"

"没关系啦，目标已经很明确了。不过有些担心的是，他会不会再派黑田来杀你？对村越而言，你现在变得比以前还要危险。所以，他应该不可能让你再这么活下去了吧？"

"说不准，不过也有趣。他们再敢来一次，一定让他们屁滚尿流，绝不会像之前那样了。况且，不论是黑田还是村越，都不知道咱们住在哪里。估计连佛祖都不会料到，咱们会住在有电视、电冰箱、电梯的高级公寓的六楼。"

我们聊得十分愉快，等回到高级公寓一看，恭子小姐好像在我们不在家的时候来过。在入口大门一侧的邮箱里，有几张从小册子上撕下来的纸，上面写道：

> 关于山仓由雄的报告。
>
> 我与父亲二人已拜访过横田大洋老师。父亲说想要对方的一幅墨宝，于是进展得很是顺利。
>
> 老师很爽快地和我们会面，还将山仓的事告诉了我们。
>
> 老师说，大约在一年前，他曾去过老家千叶县野田市附近的大祖神社。那间神社并不是什么有名的神社，但有着被

称为宝物的画卷，他就是为了看这个才前往的。那里的神官就是山仓。

山仓拼命招待老师。最后，在他的百般央求下，老师在扇面上给他画了幅画，就是那个柳燕图。

老师后来听说，山仓在当地的名声不太好，不过由于和自己没什么关系，这件事就慢慢忘掉了。

关于山仓的事，我从老师那里只打听到这么多。不过在离开老师家后，父亲说了一件很重要的事。

山仓不仅与横田老师都出生在野田，而且和人事科长村越也是同乡。村越好像也是在野田市附近出生的。

横田老师的事暂且不提，山仓和村越是同乡这件事，会不会有着什么含义啊？关于山仓的事，只要明天前往他的老家，就能知道更多信息。我明天打算拜托风间先生，由我们二人一同前往。野田那里，开车去的话，不到两个小时就能赶到。我们会在傍晚之前回来，然后立刻跟你们汇报。在那之前，还请等待一下。

我感到卡在身体某处的东西一下子消失了。

村越与黑田之间的事，还有跟谷本议员有关的问题。可唯独这个叫作山仓的家伙，从购买我的自杀之后，就再也没有出现过，而且还摸不透他的本来面目。

正因如此，我才以为他是最大的神秘人物，如今他的身份终于要暴露了。仅仅知道他们都是同乡还远远不够，可单从这事来看，他会跟村越产生联系并帮他的忙，真是再自然不过的事了。

"情况越来越好了。谢谢你们。"

我说道。

"任何事情，只要好好去做，就会变得越来越有节奏。你已经快看到曙光了吧？"

雪子也跟着说道。

接下来的一天，我一边担心着村越与黑田会不会有什么新的阴谋，一边等待着恭子小姐的汇报。

下午四点——

从公寓窗户往下看，在正下方停着一辆时尚的私家车。恭子小姐和风间先生渺小的身影，相当精神地从车里走出来，不一会儿便来到我们所在的房间。首先是恭子小姐。

"我弄清楚了，山仓是个不正常的家伙。他确实是大祖神社的神官，不过在六年前曾被怀疑犯有杀人罪。父亲给我开了一封用来交给野田酱油公司董事长的介绍信，这是我第一次和董事长见面，然后就与他交谈起来。山仓被怀疑毒杀了大祖神社上一任的神官，但由于证据不足，最终被释放。那位死掉的神官身上似乎

有伤痕的皮鞋 | 213

还有其他事情,好像被判定为自杀。总之,因为被认为有犯罪嫌疑,人们便很少言及山仓的事。"

接下来轮到风间先生。

"然而,现在山仓行踪不明,只有他妻子和孩子两人在家。我们不请自去,已见过他的妻子。她说山仓从两个多月前就没有回过家,不论怎样等待,都不见其身影,也不知道他跑去了哪里。因为过于担心,到了九月,她就向警方报了案,但依旧是行踪不明。——不,其实还有一个重要的事。我询问对方知不知道一个叫作村越的男人。山仓的妻子听到这个名字后说知道,只不过她没见过村越的脸。但她曾收到过村越以寄信人的身份寄来的两三封信。遗憾的是,信好像没有保留下来。不过,这两人之间确实有着某种特殊的关系。"

两人大费周章,只打听到这些内容。

"真是个令人感到害怕的家伙。"

我直白地说出自己的想法,然后问道:

"连妻子那里都不回去,这就有些奇怪了。他为什么,又是在什么时候消失的?这些也没打听清楚吗?"

"那个看上去病恹恹的夫人有说过。时间她记得很清楚,是在八月二日的傍晚。山仓曾回家待过一会儿,之后就再没回去过。据那位夫人说,山仓当时好像有什么开心的事,相当兴奋,又是选领带，又是洗衣服，还亲自擦了鞋。那双鞋和平常穿的有所不同，是双红色的鞋。夫人问他怎么回事，山仓说这是他得来的皮鞋。他还笑着说，虽然鞋面有伤，但这是双上等的皮鞋……"

恭子小姐的话让我险些喊出声。

山仓是在八月一日向我购买自杀的。那天晚上我就逃离了东京，按照约定，从八月二日开始，我就从这个世界上消失了。

然而，八月二日之后，消失的不是我，而是山仓。我想到那双红色、有伤但又上等的皮鞋。那分明就是我的那双鞋。而且，代替我的那具尸体的脚上，穿的不就是我的那双鞋吗？

"那双鞋其实是我在伊东别墅，从大小姐那里得来的。还有，在大塚被碾死的那具尸体，也并非我，而是山仓。山仓早就死了。而那把画有柳燕图的扇子，并不是凶手扔在尸体旁边的，而是山仓一直拿着的扇子。那把扇子是从山仓尸体口袋里掉出来的。"

我一口气把这些话说完。

土耳其浴

一

不知为何,我从没考虑过那具替身尸体——就是被货运火车碾轧过,腰部以上被碾成碎块的尸体——究竟是谁。本以为只要抓住山仓,这件事就会自然而然地水落石出。这种想法一直萦绕在我的脑海里。因此,只顾着追捕山仓的我,在不知不觉中竟将死尸身份这一问题抛在了脑后。

开什么玩笑?

被追捕的山仓,不久之前就已经死了。

如果是这样,接下来的问题就是,山仓为何会变成"我的尸体"?他肯定不可能主动变成尸体,那么他是被谁杀害的?又是何人杀的他?

我继续向雪子问道:

"关于鞋子的事,你应该还记得吧?前往井泽车站前,你给我买过一双新鞋子,因为我把之前的那双鞋交给了山仓。山仓说,为了证实我已经死了,要把那双有着三角形伤痕的鞋子拿给A看。我不知道那个A究竟是谷本还是村越,但不管是谁,他应该拿给A看过。看过之后,他应该觉得那双鞋不错,于是据为己有，自己拿去穿了。"

毕竟我是当事人，虽说不能像雪子那样进行缜密思考，但也能简单做出这样的推测。

恭子小姐和风间先生都是一脸惊讶。然后，雪子开口说："真厉害。正如你所说的那样，你一直很在意扇子的事，所以才能打探出有关山仓的线索。只不过，事实是山仓变成了你的替死鬼。"她前半段在表扬我，后半段则是，"但你要是早些注意到这点就好了。"

她挖苦说我的想法过于马后炮。

——我们四人搞清楚这些之后，开始商议该如何处理后续的事情。

山仓最终被杀。不论是谷本还是村越谁杀害了他，毫无疑问，那人就是A。说不定从那时起，黑田就已加入其中，直接下手的人或许就是他。不管是谁动的手，我们都知道，他们已经被逼到绝境。现在不是犯犹豫的时候，既然他们连杀人的事都做了，那就把案子交给警方，直接把他们抓起来，这才是直截了当的做法。我大致说出自己的想法，只是警察那边我不擅长应对，便请风间先生和恭子小姐一同前往警视厅，至少在警察到来之前，由我和雪子来监视村越的行动。

出门前，风间先生说：

"不过,谷本的事还是令我有些担忧。现在正值临时国会期间,要想在这个时候对国会议员动手,就算是警方那边,手续应该也会相当麻烦。是否现在就果断出击?如果谷本他们知道了,或许会采取什么行动吧?"

这方面我之前也曾预料过,毕竟对方不是那种按常理出牌的类型,对付他们要慎之又慎。好不容易走到这一步,应该还会发生这样或者那样的争端。可实际上,之后发生的事情和我预料的大相径庭。他们开始手足无措,并且陷入绝境。之前我提到过村越这个家伙,在我和雪子拜访过后,他就变得慌张起来,然后做出了与他本人不相符的鲁莽行为,正是这个结果引发了意想不到的骚动。

当天晚上,我和一直守在身边的雪子前往村越卯平那里。

不过,这次并不是为了见他,而是在他家外面进行监视。即便他们没有做出什么引人注目的古怪行动,只要黑田能从二楼的窗户探出头来,这件事就会变得有意思。总而言之,估计会发生什么事。

"窗户是毛玻璃,不太好监视,我还是绕到后面去看看吧。你的目光不要离开玄关。如果有人从外面进来,千万不可掉以轻心。"

房子的后面正好是片坟地,我对雪子说完这番话后,便立刻前往那里，可什么都没有发现。那里只有一对情侣，当他们注意到我的脚步声后，便立刻走开了。我真是过意不去，竟然打扰了人家的大好时光。村越家冲坟地的那一侧，也就是毛玻璃的上半部分，是层透明玻璃，里面亮着灯。我在想能不能透过这个玻璃看看黑田在不在里头，于是环顾坟地四周，发现一棵巨大的榧树。我费了好大功夫才爬上去，从那里可以看到房间里的一部分，除了能看到的地方，其他什么都看不到。榧树的树叶扎得我的脸和手疼，更要命的是，当我打算从树上爬下来的时候，在医院治好的腿伤突然疼了起来。什么都没得到，还要再去医院的话，那就得不偿失了。

"怎样？"

回去后我对雪子问道。

"不行，只能看到一点点。家里好像没有人，只有一只猫在屋檐上走了一圈。风间先生他们此时应该已经跟警视厅反映完此事了。"

雪子如此回答。

然后我们大概又忍耐了近一个小时。

"怎么办？看来今晚是没希望了。咱们先回公寓吧？"

"也行，不过还是再等一下。我总觉得那帮家伙会在深夜有所行动。还是守通宵吧。你去给我买个面包回来吧。"

就在我打算先填饱肚子的时候，雪子低沉地发出一声"哎呀"。我的神经变得紧张起来，那帮家伙总算出来了。有两个人从后门而不是正门走了出来，虽然看不清楚脸，但其中一人戴着眼镜，应该就是村越。另一个人中途站在原地，好像在说些什么，这个时候，只见那人抬起一只手，"啪"地一下拍在耳后的脖子上，可以确定，此人就是好色的黑田。正中靶心，他们果然在这里。

"他们好像要去某个地方，而且一定会打车过去。坐车过去的话，应该会先前往大塚车站前。咱们先到那里打埋伏吧。"

我们先等他们离开，然后反向冲进寺庙里。我们先前已经侦查过这里，从侧门跑出去，能神不知鬼不觉地前往车站。

一切都很顺利。

他们在车站前的书店叫了一辆出租车，上车时还不忘环顾四周，而我们则待在电车道的另一侧伺机行动。

尾随汽车可不是一件容易的事。我们很在意信号灯。一辆卡车还横在两车之间，差点就看不到目标。好在那辆车没有玩命开，速度不是很快，我们这才得以跟上。那辆车穿过后乐园球场，开至神田，又从神田直奔护城河，穿过日比谷，从青山开往涩谷。

他们的目的地是一个叫作"Recreation Center"的大型娱乐场所。

这个地方我曾听朋友说过。这是一座雄伟的钢筋水泥建筑，从地下到五楼，分别有温泉泳池、演艺厅、餐厅、土耳其浴，土耳其浴里还有土耳其小姐。此外，还有影院、说书场、酒吧、舞厅、保龄球馆、柏青哥、麻将厅以及围棋·将棋会所，是一座无所不包的娱乐场所。

他们走进这里。

后来我才知道，谷本议员也参与过这座娱乐场所的经营，而且是董事成员之一。估计是早就商量好了，黑田与村越才会在这里与谷本碰头。我们立即买好门票进入其中，但很快就开始犯难，因为不晓得那两人跑去了哪里，弄得我俩有些不知如何是好。

二

"真是麻烦，也不知道他们跑去哪里了，会不会去坐电梯了？"

"不知道会不会有这样一种可能，就是他们发现咱们在跟踪，假装前往这里，然后金蝉脱壳，从后门溜走了？"

"果真如此的话，咱俩就是二傻子了。总之先找找看吧。放心，我觉得他们还没有发现咱们，一定是藏在这栋大楼的某处。"

这里不论是规模还是设施都相当庞大，在没有人带领的情况下,弄得我们俩是相当糊涂,只好按顺序,在有着各种娱乐设施的房间里一个地方一个地方地伸头寻找,每个房间都花了差不多的时间进行寻找。因为里面有很多客人,要想从人群里找到他们俩无异于大海捞针。他们既不在柏青哥店里,又不在麻将厅里。黑田是个酒徒,本期待着他会去酒吧,没想到连那里也不见他的身影。

"会去哪里呢?该不会是去看电影了吧?"

"那种地方太暗,压根看不清谁是谁。来这里又不是来玩的,况且现在也不是悠哉看电影的时候。他们来这里,一定是有什么人要在这里和他们见面。"

因为当时不清楚谷本与这座娱乐场所之间的关系,所以没有想到去事务所打听他们的行踪。

如果有遗漏,那可就坏事了,于是我们两次前往位于四楼的舞厅,还顺便看了一眼不太有可能的围棋·将棋会所,雪子还买了张门票,前往挂着名角招牌的说书场查看,果然没有发现他们。

"只剩地下的浴池那里没有看过。咱们去看看吧。"

"去看看吧。不过按照你先前说的,现在应该不是悠闲泡澡的时候吧?"

"不过,如果他们想要见的人先去泡澡了,那他们就不得不前往那里了。"

雪子的直觉很准。

谷本议员那个时候就在土耳其浴场。村越和黑田先去了事务所，在听说谷本在土耳其浴场后，便火速赶往那里。由于不知道他们到底在不在那里，慎重起见，我还是决定抱着试一试的心态去看看，于是前往地下。

这里不愧被叫作温泉泳池，面积相当大，不过由于蒸汽密布，很难看清里面的情况。

我想进去一探究竟，因为女浴池那边不用查看，所以便让雪子在走廊里等着，我则买好入浴票，光着身子进去，逐一检查泡在浴池里的人。

但这里也没有发现他们的身影。

"喊！"

我咂舌道，然后穿上衣服走了出来。

"真令人失望，里面没有，而且水脏到不行。我心里很不是滋味，生怕细菌会钻进伤口。"

就在我对雪子这么说的时候，在泳池前方的走廊深处，接连响起两声枪响，一瞬间，人的喊叫声、脚步声以及不知什么东西发出的声音同时响起。

走廊里除了我们，还有数位客人，有一位男性客人听到骚乱声后，光着身子就从泳池里跑了出来。那些在泳池里给客人搓背按摩的女技师，也几乎赤裸地穿着内裤和拖鞋，将头探到走廊上。

发出声音的地方是我们没有注意到的一处设施，那是一排小隔间，里面有土耳其浴。

——顺便说一下事后我们才弄清楚的事情。

在土耳其浴里，谷本见到村越与黑田。村越二人对谷本说他们的处境很糟糕，急需跑路，并要求谷本掏出两百万元。对于这个要求，谷本嗤之以鼻，没有理会。然后他冲村越说："不要说蠢话了，我可没拜托你们用犯罪行为完成任务。我只是需要钱，以及拜托你们破坏盐田女儿和若森信吉的婚事。拜托你们的时候，已经给过你三百万当作酬劳了。不论你用那笔钱做了什么，我都不会负丝毫责任。我的目的只是破坏他们的婚事。从法律上讲，破坏他人婚事不会构成犯罪。虽说你是为了工作而犯罪，但我不记得命令过你使用如此拙劣的手段，所以就算被警察逮捕，我也能证明自己是清白的。不，我也会有麻烦。身为国会议员的我，岂能与这种犯罪扯上关系？想逃就逃吧。从我的立场出发，只是委托你们破坏他人婚姻，是你们对我说出都干了什么蠢事，而我则会把这些事全部上报给有关部门……"谷本冷淡无情地拒绝了村越他们的要求。

村越和黑田都很生气。

然后，在反复争论的过程中，黑田受不了了。他这人本就是个混黑道的冒失鬼,加之他又携带着手枪。

——你要开枪打死老夫吗?想打就打吧。

——这可是你说的。那我开枪了。

话音刚落,枪口就擦出火花。

谷本的胸口与腹部被击中,他真是个刚强的男人,在腰间缠上毛巾,就从隔间跑到走廊上,最终倒在地上,一动不动。

然后,村越与黑田就这样跑到温泉泳池的前方。

只不过,那个时候我还不知道谷本的事情。

害我找得筋疲力尽的黑田与村越就这样突然朝我这边跑来。我张开双臂,想要阻止他们。

"什么?难不成,是四宫……"

"真不好意思,就是我。难不成又想开枪打我吗?"

"大哥,你就放过我吧!我也是受人之托。让我从这里逃走吧!"

"开什么玩笑?我可是很想和兄弟你见上一面的。"

就在这个家伙瞄准我的瞬间,我撞在对方的身上。以前看摔跤的时候曾见过下盘踢,我老早就想试一次了,没想到这回竟派上了用场。那家伙被我踢翻在地,随即扣动扳机,却打在了走廊的天花板上。

"混蛋!"

我骑在他身上，将他的胳膊向上反拧，然后把他的头朝铺着瓷砖的走廊地板砸去。

村越想趁这个间隙从我身边逃走，但被客人和这里的工作人员抓住了。

"喂，快打一一〇报警。"

不知是谁喊了这么一嗓子。

雪子正站在墙壁的一旁看着我。我继续掐着黑田的脖子，很高兴能让雪子看到我英勇的一面。

真相

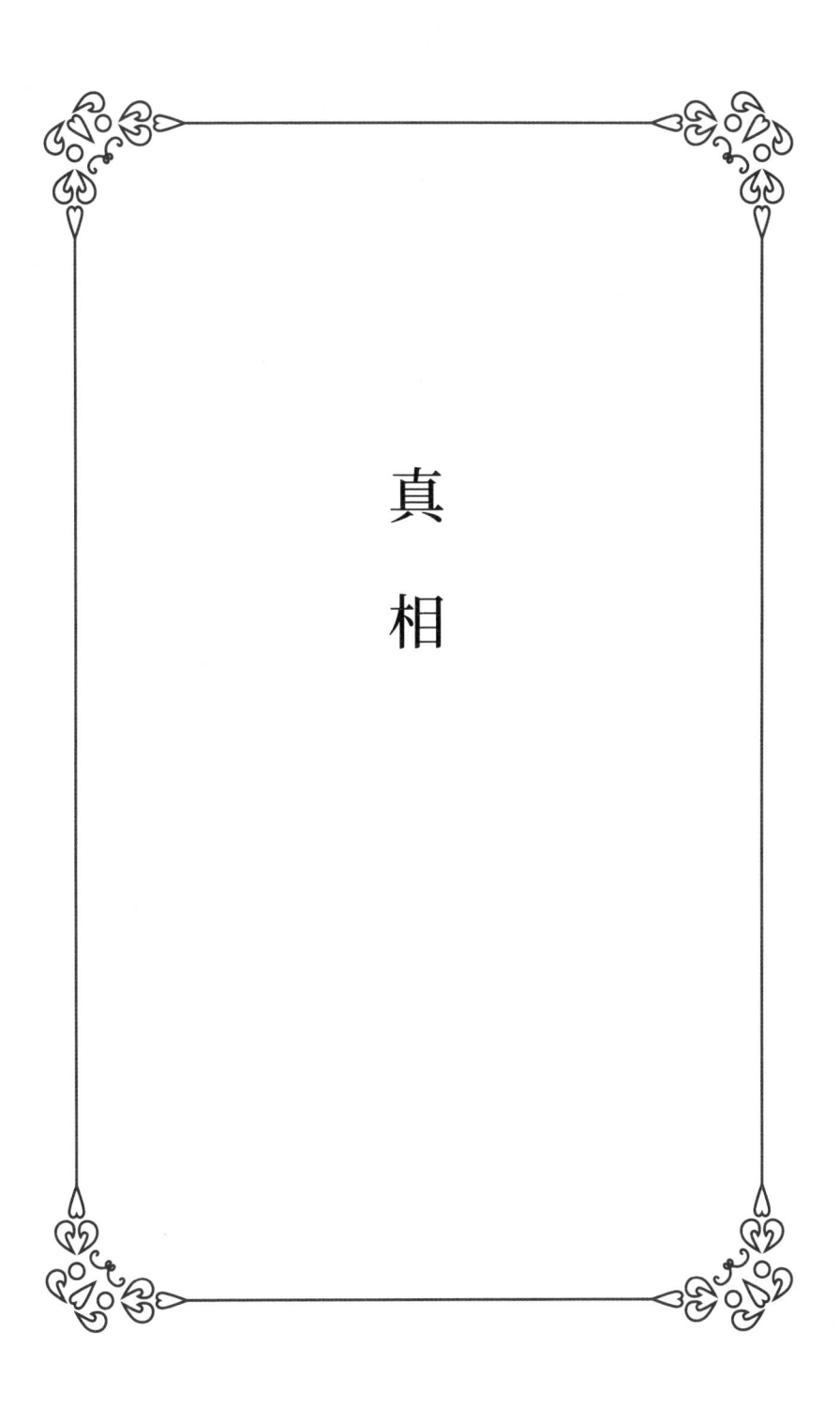

一

巡逻车很快赶来。

打完电话不到三分钟,巡逻车就来到了"Recreation Center"。那帮家伙被警方带走后的事,就没必要写得太详细了。

也不知道该说是可怜呢,还是罪有应得,议员谷本仁一郎和我被枪击的情况不太一样,由于被子弹射中的部位不好,虽说救护车好不容易把他送往医院,但他还是在中途死了。盐田制药的人事科长村越卯平,以及黑社会大津组的部下、以贩毒为业被唤作"好色"的黑田义助就这样被警方逮捕了。

而在此之前,风间先生——准确地说,是药学权威风间礼吉博士——连同盐田制药的社长盐田幸造先生及其独生女盐田恭子小姐前往警视厅,从谷本到村越,再从山仓到黑田,将他们一伙人的阴谋——虽说里面夹杂着猜测——全都告诉了警方。警视厅这头迅速调查起黑田和村越的身份。

我并没有亲眼看到审讯的样子,但我和雪子都被当作重要证人被警视厅传唤。警方对我们说了很多,这些内容后来全都公开在报纸上,所以大致的细节我都知道——

他们两人，至少因为杀害谷本议员被视作现行犯，就算装作什么都不知道也没用，所以很快说出了真相。按照顺序，事情是这样的：

起初，谷本与村越建立起联系，谷本在密谋夺取盐田制药的时候，身为人事科长的村越觉得自己薪资较低，经常抱怨此事，谷本在调查过公司内部情况后，这件事自然就传到谷本的耳朵里——根据风间先生之前的调查，谷本一开始是以开玩笑的形式对村越说，只要公司落到自己手上，就会大力提拔村越，可最终这没有成为玩笑，为了谷本，村越决定付诸行动。

根据村越的自白，原本若森商务的继承人若森信吉在寻求结婚对象时，曾和谷本的女儿有过某种程度的发展，可后来若森却与盐田谈成婚约，那时谷本就将婚约告吹这件事转变成要夺取盐田制药，并且执意要获得成功。

"我抱着一石二鸟的心态给谷本献策，破坏盐田家的婚事。这样一来，议员家的千金就能与若森家达成婚约，因为我认为盐田社长无法与议员抗衡，而且议员也觉得我的想法很有趣，于是交由我全权处理。"

虽说被委托工作，但他没有和议员商量就去做了，所以谷本才会说他对犯罪行为概不负责。另一方面，村越也不希望自己的行为沦为犯罪，但在机缘巧合下，我突然登场了。一个既混黑道又吸毒，没什么特别理由就跑去自杀的人出现，村越觉得很适合利用。

"实际上，四宫第一次拿着履历来公司时，我就发现上面的字迹相当有特点，于是就想应该可以伪造出这人的遗书，然后便给他安排了工作，若无其事地让四宫进入公司。接着，我开始着手调查他身边的情况。也就是在那个时候，我知道他和一个叫作黑田的人关系不错。后来，我带着从盐田社长那里得来的钱去找黑田。我当时也是大意，完全相信了山仓提交的报告，认为四宫已死。可我又不清楚四宫生前有没有跟好友黑田说些什么，这让我多少感到不放心，就想打听一下对方的情况，所以才会前去寻找黑田。但一看到黑田那一问三不知的样子，我就放心多了。由于担心四宫自杀的事会引起争议，如果他这边发生骚动，那就麻烦了，于是我交给黑田一笔封口费就回去了。"

他第一步就是捏造恭子小姐的丑闻。他之所以让我必须自杀，就是为了伪造遗书，这方面，他想利用同乡山仓由雄。

"山仓将大祖神社的前任神官毒杀了，只有我知道此事的详情。在这件事发生前，他曾找过我，目的是从我这里得到氰化钾。他当时的借口是，自己被神社的蛇所困扰，想把蛇除掉，于是来找在制药公司上班的我拿毒药。但最终我还是帮了他。我知道他是那种会杀人的人，所以又把他叫来商量，和他约定只要杀掉四宫,并伪装成自杀的样子,就给他一百万日元。另一方面,由于四宫经常往来盐田社长的府邸,与大小姐接近的机会也多了起来,这就便于编造他与大小姐之间有不正当男女关系的谎话。正好大小姐去北海道不在家,我们便认为这期间最适合完成这项任务。山仓跟我说遗书已经写好,剩下的就是杀掉四宫,然后在八月二日的晚上,他来到这里,说已于昨天晚上将四宫杀害,但为了不被发现,已经把尸体处理掉了。如果世人知道了四宫这件事,警察一旦调查尸体,恐怕就会知道他不是自杀,而是他杀,所以他才会把尸体藏起来。作为证物,他只脱下了四宫的鞋子。不过由于那双鞋是上等货,他说想自己穿,并让我看了看。当时我没想过山仓会花钱购买四宫的自杀,我真以为四宫已被山仓杀害。所以后来当我知道四宫还活着的时候,脑子就像被打了一拳,吓得不行……"

村越束手无策,不过谷本委托的工作几乎都完成了。

只要自己不被怀疑就可以了。这家伙还是幸运的,好在当时我还什么都没有注意到。因为社长对我还很信任,他便把我喊过来,为了装作光明正大的样子,特意让社长也到场,当面把我训斥一番,还将遗书的事情说出来,最终说是山仓这个神秘人物做了这一切。

"我之前就曾说过,谷本是这场阴谋的根源。之所以这样说,是因为我想盐田社长一定会注意到大小姐婚事问题的背后有谷本的身影,既然如此,不如我先开口说出来,这样还能显得我是清白的。不过,要是山仓被抓到,就另当别论了。只要他不被抓住,就没人知道我是这起阴谋的发起人。况且我丝毫不担心山仓会被抓到,因为山仓在八月二日晚上就被我杀了。"

说到这里时,村越的眼神格外凶残,嘴角甚至露出讥笑。

山仓谎报说已将我杀害,然后要求村越支付他应得报酬中剩下的三十万日元。

但村越认为我的尸体已经在不被世人发现的地方被处理掉了,所以可以用山仓来代替我的尸体。

在寺庙旁边,那座安静的房子里。

虽然他有老婆和孩子,但他们刚好都前往乡下的亲戚家避暑了。

于是他让山仓喝了带毒的咖啡,然后把他的尸体搬到大塚线的铁轨上。虽然这不是他一开始就想到的计划,但因为事发地点离我住的公寓非常近,所以意外地很顺利。他在无人注意的情况下抵达现场,将山仓的尸体横放在一旦被碾轧脸就会变得面目全非的位置上。结果不单单是脸,腰部以上也被碾成碎块。即便事后调查指纹,那玩意儿是不是我的都成问题,实际上,指纹已经很难查清楚了。据村越说,他曾站在铁路附近看着货运列车驶过,但并没有注意到山仓的扇子落在现场。

山仓的扇子不是一般的扇子。

上面有大画家横田大洋亲笔画的柳燕图。

在这个基础上，我先是知道了山仓的身份，然后顺着这条线，使村越走向毁灭。

我回想起来了。

与村越相比，山仓还算比较诚实，至少他只是让我暂时躲起来，等到以后再出来，世人即便知道我没死，也不会造成什么影响，他说的这些都没有骗我。问题的关键就是遗书，只要相信我是自杀的，谷本的计划就能得逞。实际上，山仓没有必要杀死我，所以才会购买我的自杀。估计山仓也是考虑到，只是购买我的自杀，应该不会构成什么重罪。而且作为证据，他来找我的时候，毫无隐瞒地使用了自己的真名。他不应该做的是前往村越那里，报告说已经将我除掉。他大概是想为自己的工作标个价格吧？村越对此信以为真。然而他不舍得将酬劳的尾款付给山仓，而且他肯定也考虑到以后这个秘密会从山仓口中暴露出来，借此勒索自己，所以才把山仓杀掉。

——现在还剩最后一个问题。

就是黑田枪击我这件事。

关于此事，黑田是这样说的：

"我什么都不知道。台风来袭的那天下午，村越突然乘车来我这里，说让我杀掉四宫。行动前，他先给过我十万日元，并约定好，成功后再给我二十万日元。我脑子一热就接受了。什么？我们不是一伙的吗？这种事其实经常会发生。别开玩笑了！山仓被杀的事，和我完全没有关系。"

他说的应该都是真的。

村越得知我查到山仓是神官后，就再也坐不住了。为了不让我直接对社长说出此事，就算堵住我的嘴，他也无法放心。那时他已经没有时间考虑善后对策，然后他想到混黑道的黑田，便立刻找到黑田，请他除掉我。在这场风波完全平息前，他一直躲在村越的家里。然而黑田对村越特别小心，所以村越没能像对付山仓一样解决掉黑田。二人就这样处于敌对状态，共同生活了好几天。然后，我和雪子注意到此事，便不请自去——

"我觉得已经撑不下去了，于是打算和谷本议员商量安生之计。可没想到，黑田这个大老粗会突然掏枪出来……"

村越说完，惶恐不安地低下头。

以上就是大致的经过。

长官让我从黑道那边金盆洗手。在夸奖我能戒掉毒瘾后，他看着雪子，拍打着我的肩膀说：

"你不是有这么好的太太吗？以后可要好好生活啊。"

二

秋高气爽的好天气里,我和雪子坐上前往上野车站的火车。

那是急行火车,而且是特别二等车厢,车票是盐田社长给我买的。恭子小姐和风间先生,甚至还有女佣阿纹,都来到车站为我们送行。

恭子小姐对我和雪子说:

"我非常感谢二位,就连爸爸也是这样说的。就像你们为我洗刷名誉上的污点一样,爸爸也为谷本没有夺走公司而感到高兴。"

风间先生则对此事一言不发,乐呵呵地倾听着我们的闲聊,或是大步地在站台上走来走去。就在发车的铃声响起之际,阿纹急匆匆地跑过来,送给我们她买的冰激凌。

"忘说了,替我跟妮拉和克林它们问好。还有,非常感谢你们对我的照顾。"

说完这话后,火车发动了。雪子从车窗探出头,挥舞着手帕,然后坐回座位上,迅速拿过冰激凌。

"真是的,你说跟克林它们问好是什么意思?"

"你这个白痴,那不是狗的名字吗?"

"是吗？这样啊……"

她耸着肩膀，吐出舌头，看样子有些不好意思。

"等咱们回到井泽，就马上给他们寄感谢用的明信片吧。大家对咱们真是太好了。"

"嗯，就这么办。还有，别忘记那个酒鬼医生。他真是位了不起的医生。"

"是吧，我也是这样想的。送他点什么好呢？如果找到当地的好酒送过去，他一定会很开心的。"

说完这些无忧无虑的话后，我们又稍微提到和案件有关的事。

"我在警视厅听说有封伪造的遗书还留在若森商务那边，已经被拿来做调查了。"

"是吗？我没注意过这件事。上面写的什么内容？"

"警方没让我看，不过听说上面写了盐田家的大小姐是二手货这类坏话。"

"岂有此理？这种胡说八道的内容居然会有人立刻相信。"

"还不是因为你自杀了吗？因为是自杀之人写出来的东西，所以就相信了。还有，警视厅的人曾调查过上面到底有没有指纹。"

"是吗？结果呢？"

"只找到一个，是村越左手食指上的指纹，应该是花了不少功夫才找到的。竟然会出现这种疏漏。"

"他后来应该也注意到这个疏漏了吧？记得他曾跑到社长那边说要亲自烧掉遗书。"

说完，雪子冲我露出用来戏弄我的狡猾眼神。

"你觉得社长家的大小姐如何？"

"怎么想的啊？嘴上说不清楚，就是一看到她的脸就感到光彩夺目。"

"光彩夺目？那真不错。她确实是个美人。而且我注意到一件事。"

"你注意到什么了？"

"听她说话的态度我就立刻知道了，她喜欢风间先生。"

"什么，是这样吗？"

"前不久我就注意过此事，而且我觉得这是个好事。风间先生虽说比她大十来岁，但他一直是单身吧？所以他们还是很般配的，如果能够生活在一起，一定会很顺利。"

我有些吃惊地看着雪子的脸。

我差点被杀，以及浑身是血的谷本从土耳其浴跑出来的时候，她竟然有闲工夫注意这种与案件毫无关联的事情。

火车正驶离东京。

窗外是大片果实累累的农田与旱田，田地的尽头是森林和连绵不断的山丘。在这美好的世界里，我险些轻率地与这一切告别。

警察也说过,我的身边还有雪子。虽然她爱出风头,而且爱吃醋,但她真的是一个非常棒的妻子。多亏有这样的妻子,我才能改过自新。我一直在脑海里深思熟虑,等回到井泽,稍微稳定下来后,我要再去学校一次,再认真学习一遍。

(本书完)

附录

突破侦探小说的模式

历来之侦探小说，皆以解开犯罪之谜为核心——对此我完全赞同。至少，所谓的本格侦探小说，要布置出最为精巧的谜团，其解谜手法则要更加巧妙，这样的作品才被视为上乘之作。

然而，侦探小说是否只是单纯地解开谜团呢？这里仍存有许多需要探讨的问题。比方说，即便从前的侦探小说皆属于解谜小说，但这并没有理由表明今后的侦探小说必照此发展下去。在此之外，最好出现其他有趣的内容与之相辅相成。（这里不得不说的一点是，历来最优秀的、能够俘虏最多读者的侦探小说，未必都是以知识、游戏为主的作品。"罗苹"就是这样一个例子，还有坡的作品也是如此。这些作品乍看之下似乎都致力于解开谜团，可即使是在《莫格街凶杀案》中，我们也能感受到大量的艺术元素。）

如果将侦探小说仅仅视作解谜小说的话，基于如此观点，凭借全新想法创作出来的作品或许就无法被称为侦探小说了。不过，就算不这样称呼它们又能怎样？总而言之，读者能从小说中得到满足就可以了。如果按照固有模式或者定义来管理某类作品，只会导致这种小说步入绝境。只有打破陈旧的模式，努力创造出新的想法，才能有所进步。死守仅仅以解谜为主的侦探小说，这种努力固然值得认可。但作为一名作家，难道不应该尝试让侦探小说的类型有所飞跃吗？

我再次说一下。从以往那种狭隘的定义来看，以这种努力创作出来的小说，可能无法被称为侦探小说。同时，这种作家也无法被称为侦探作家。

但读者们绝对不会认为纯粹的解谜小说会是这个世界上最好的小说。

关于我在《新青年》杂志上连载的《魔人》，甲贺三郎指责那不是侦探小说，还说《魔人》并没有发挥出作家的本领，只不过是在模仿其他作家罢了。

身为《魔人》的作者，我对这部作品相当有自信，因为这部作品体现了我的很多特点。另外，这部作品是否只是对他人进行模仿，就由公平的读者们来判断了。

因此，对于此事，我没有什么特别的话要说了。这里不过是针对甲贺三郎说的那句"侦探小说必须只是解谜小说"说了些我个人的看法。

至于那些在传统意义上不被称为侦探小说的作品,也就是那些处理犯罪的小说,也有其充分的存在价值——

(原载于《东京日日新闻》,1931年7月23日)

侦探小说不自然论

我现在想说一下侦探小说的坏话。

侦探作家亲自说侦探小说的坏话，相当于朝天吐口水，这种事在外人面前是说不出来的。不过，有些话我只会在真正喜欢侦探小说、真正担心侦探小说的读者面前说出口。《假面》杂志恰好给我提供了这个环境。

其实我要说的坏话有很多，只不过有些话还没到该说的时候。这里我想先阐述的是：侦探小说所携带的那股稚气，实在太令人头痛了。

我们常说要呵护稚气，但有些稚气并不需要呵护。说它稚气，可能稍欠稳妥，说它不自然应该更准确些。放眼整个侦探小说界，完全没有不自然之处的作品屈指可数。而一旦有不自然的地方，其结果往往是产生俗不可耐的稚气。这一点，懂的人自然能理解，但这真是令人无法应对的东西吗？

被称作最理智文学的侦探小说，却拥有理智所不能容忍的不自然。作为一名作家，我不得不说，这着实令人感到心痛。但正因为这是事实，所以这也是无可奈何的事。现在说出来，总比未来等别人说出什么来要好吧。

想必大家都清楚，为什么侦探小说中会含有这么多不自然的内容。

表面上，侦探小说总是利用千奇百怪的案件，创作出令读者感到最为意外的结局，或是在结尾处试图使用一些奇思妙想的诡计；往更深层次讨论，这些以现代为背景进行叙述的侦探小说，其核心其实是空想主义，然而现代社会并不一定适合这种空想主义。为了创造出符合侦探小说空想主义的现代面貌，作家们可说是煞费苦心，但换来的结果却是无用功。虽说这种无用功会变得不自然，但侦探作家的态度却不容忽视。

以前的侦探作家认为侦探小说中出现的不自然之处其实是不可避免的，因而故意麻痹了自己的良心。

我身边也有这样的朋友，因此我才不会说什么大话，而且很容易理解那种麻痹良心的痛苦。

实际上，虽说这种事对作家而言是相当痛苦的，但也差不多到了该想办法处理侦探小说中不自然内容的时候了。

事实上，如果作家技艺高超，就能把这种不自然处理得不那么突兀。切斯特顿①就是很好的例子。只要学切斯特顿就够了，不过他的作品中也有很明显的不自然之处——矛盾过多。因为讨厌说出自己的工作中存在着错误，所以大家全都保持沉默。但现在已经不是沉默的时候了。侦探文坛已经长成一棵参天大树，不用担心被些许风雨吹垮。坏掉的树枝可以砍掉，树叶上的虫也可掸落。如果一时的麻痹变成慢性症状，那可就麻烦了。

举个例子，由于责备个人作品不是太好，这里就先笼统地说一下，比方说侦探小说中以某种非常奇特且复杂的方法把人杀掉。如果只是方法奇特，在阅读过程中固然会感到有趣，但当看到最后的杀人动机时，有时候就会出现不合理的解释，即便动机合理，但如果是为了那种动机，又何必用那么奇特且复杂的手法去杀人呢？有没有都没关系吧？大可使用更加简单的方法，比如走夜路的时候从背后"砰"地拍一下不是更好？杀人行为、杀人动机与杀人方法三者完全契合的作品，实际上是很罕见的。而这种作品，往往会在读者的脑海中，意外地留下不愉快的阅读感受。

（我觉得这些事对我而言都是显而易见的，但正是这些显而易见的事，至今没有人愿意讲出来。这让我心感不安，生怕那种麻痹症状会变成慢性病。）

---

① 译者注：即英国作家G.K.切斯特顿。切斯特顿是"布朗神父系列"的作者。

还有就是侦探小说中人物的行为也有很多不自然之处，这也是让人感到犯难的地方。或许这就是前文提到的"还没到那个时候"的坏话之一。所以除了发表在《假面》杂志上的内容，其他全都保密。

所幸昭和十年（1935年），新老作家全都大放异彩，侦探文坛一时间颇有大跃进之势。所以乘此之际，才会提出一点忠告来。昭和九年（1934年）我虽然没有给《新青年》写多少文章，但感觉在其他报纸或者杂志上还是有那么点成绩的，所以我休息了两三个月，然后才再度马力全开。如今在《假面》杂志上进行创作，我只想尽可能做不会产生矛盾的事情。这便是我要说的内容。

（原载于《假面》杂志，1935年1月刊）